今井 Imai 正和 Masakazu

彼方に向かいて

―近藤芳美の青春

本阿弥書店

彼方に向かいて——近藤芳美の青春　目次

装幀　おくむら秀樹
装画　飯沼知寿子

彼方に向かいて

―近藤芳美の青春―

はじめに

歌人近藤芳美は「戦後短歌の牽引者」と呼ばれている。その短歌史上の足跡は、短歌実作者としてはもとより、評論や社会的活動など多岐にわたっており、戦後歌壇において重要な位置を占めている。すなわち、新しい息吹を感じさせる歌集『早春歌』『埃吹く街』を引っ提げての登場と新歌人集団の結成とにより、戦後歌壇の象徴的存在となった。さらに評論においては「新しき短歌の規定」を「短歌研究」に発表し、新しい時代にふさわしい短歌のあるべき方向にひとつの指針を示した。まさに戦後短歌を牽引したのである。

その後、短歌結社「未来」短歌会を創設し、朝日新聞の「朝日歌壇」の選者ともなった。その間、松川事件の被告たちを支援する歌会に出席したり、「平和宣言」の署名にも加わったりしている。そのような姿勢は同時代の歌人たちの信頼を集め、また、現代歌人協会の理事長を十二年間務めた。この延長の上に現在の歌壇は存在している。今そこに、近藤が追求してきた精神が失われていないか気になるところである。

近藤が青春を過ごした戦前においては、短歌を含めて表現の自由には大きな制約があった。特に戦中においては、国策に批判的な作品を発表する自由は無かったと言ってよい。戦争を賛美する戦意高揚の作品が、雑誌をはじめ短歌ジャーナリズムに氾濫していた。心ある歌人たちは沈黙するしかなかった。その沈黙の中においても、歌人達はぎりぎりのところで自己を見つめ、他者を見つめ、状況を見つめていた。困難な時ほど、観察する眼は研ぎ澄まされていたのかもしれない。少なくともそのような姿を、私は近藤の中に見るのである。徴兵されて戦いの中に身を置き、戦争という残酷な現実を前にしての、知識人ゆえの苦悩は想像以上に深かったに違いない。大きな矛盾と理不尽の中で、多くの若者が自己と格闘し、内面でもう一つの戦いをしていたのである。ここに崖っぷちに立たされた知識人の精神の軌跡が形づくられる。戦後、戦争に協力した歌人たちが批判され、隠遁ないし自己批判の道をたどった。大家と呼ばれた歌人や中堅の歌人たちである。歌壇には大きな空洞ができていた。茫然とし、自失していた。そのような状況の中で、発表された歌集が、近藤の『早春歌』であり、『埃吹く街』であった。そこに見られる清新な抒情は短歌を創ろうとする人たちの大きな希望となった。

『早春歌』は近藤の青春期の作品であるが、本書はその歌集の成立の頃までの時期を叙述の対象とした。したがって、短歌というものと出会う中学・高校の時期から本書は展開してゆく。学問や思想に触れる多感な学生生活のことであり、教師や級友から多面的な影響を受けて成長してゆく少年時代が描かれている。このあたりは歴史の動向を重視した。国の内外の情勢がこの時代を生きた人間にとって、内面の形成に重要な働きをしているからである。そして、大学で建築学を専攻し、サークル活動にも加わって学友との交流の中で社会との接点を持つ。この過程で短歌創作上の覚醒にも触れる。このⅡの「大学」の叙述から本書は物語り的タッチを取り入れた。Ⅰの「思想の形成」に読みなずんだ読者には、このⅡから読み進めることをおすすめする。後半は、徴兵されて苦しく厳しい軍隊生活の体験が中心となる。その激動の中においても、とし子夫人との愛情は揺るぎなく、近藤の生きる支えであった。「彼方に向かいて」の題名はその中から生まれた。このあたりの叙述は、近藤の自伝的小説『青春の碑』に詳しく述べられている。それを敢えてここに再び描こうとしたのは、我々歌人が周囲の社会的・政治的状況の変化の中で、いかに己を保持しなければならないかということを訴えたかったからに他ならない。

本書は、『青春の碑』の叙述を多く取り入れている。それは近藤が体験した事実から逸れてはならなかったし、その時々の近藤の思いと相違してはならなかったからである。したがって、本書は『青春の碑』を底本としたものであり、文中に参考文献としてその都度注記することはしていない。そのまま引用する場合にはカギ括弧で示した。亡き近藤芳美、そして読者のご寛恕を乞うものである。

I　思想の形成

第一章　短歌との出会い

一　歴史と短歌

近藤芳美の短歌には、初期から晩年にいたるまで、政治・思想に関する多くの題材が詠みこまれている。それは近藤が意識的に、それらを捉え詠おうとしてきたからに他ならない。いったい、政治や思想という大きく見えざるものに真向かうとき、どんな作歌動機を抱いているのだろうか。その手がかりを端的に表している言葉がある。第四歌集『歴史』の「あとがき」の中である。「私達にはもはや歴史から逃れて生き得る小さな片隅はあり得ないと云ふ事であり、私達が現代史の中に生きる事を否応ない運命とする以上、私たちの今の作品は現代史の軌跡の上に其の抒情の意味を見つけて行くしか仕方がないと言ふ事である」と。この、「現代史の軌跡の上に其の抒情の意味を見つけて行くしか仕方がない」という認識が形成されていたことは、近藤の短歌を独自なものにしていった。「現代史の軌跡の上に」詩を見出すということは、生きる時代の歴史、すなわち同時代を詠うという覚悟であろう。それは近藤の生きた大正・昭和・平成と続く日本の時代、そしてそれを取り巻く世界史の潮流の中に生きる人間の姿に求められるだろう。近藤の青春といえる日に、彼も他の仲間と同様に大きな影響を受けたのがマルクス主義の思想であった。彼のその後の人生は、マルクス主義をめぐる歩み、あるいはマルクス主義との葛藤といえるほどに、その思想は彼の精神を形成した。ここに、近藤芳美と社会主義の関係を追ってゆきたい。

二　マルクス主義との出会い

近藤とマルクス主義との出会いは、広島第二中学の学生の時である。時代は一九三〇年（昭和五年）の頃である。当時の学生を惹きつけたのは、マルクス主義であった。マルクス主義とは、言うまでもなく、資本主義の否定の上に、労働者・農民などのプロレタリアートの政府を樹立しようとするものであった。それが社会主義社会であり、誰もが平等な社会であった。それゆえ、これは社会主義思想と呼ばれた。多くの学生が、その社会主義思想に魅了された。一九一七年、近藤の四歳の時にロシア革命が起こり、世界で最初の社会主義国家、ソビエト社会主義共和国連邦が存在していた。それは理想の国でもあった。学生たちは、正義感と純粋さから、この社会主義思想に共鳴し、日本に社会主義国家を実現させねばならないと考えた。その運動の中心は日本共産党であった。だが、一九二五年に成立した治安維持法の下、共産党は非合法とされ、運動は弾圧された。一九二八年には、法定刑は死刑まで引き上げられた。近藤が中学三年の頃である。だが、近藤はマルクス主義に出会う前に、短歌を知った。中学三年の頃、国語教師から教科書に載っている落合直文、佐佐木信綱、与謝野晶子、長塚節、伊藤左千夫ら活躍している歌人や、最も若い新進歌人の土屋文明を紹介された。

この三朝あさなあさなをよそほひし睡蓮の花今朝はひらかず
あくがれの色とみし間も束の間の淡淡しかり睡蓮の花

この美しくせつない二首を見て、この未知の土屋文明に病身の端正な少年詩人の姿を想像していた。

これをきっかけに、彼の読書量は増していった。親戚の本屋に行って、「改造」とか「中央公論」とかの雑誌を立ち読みするようになった。大杉栄訳の『昆虫記』や、野尻抱影の天文に関する本も、むさぼり読んだ。神とは何であり、人間の生命とは、生きているという事は何なのか、という意味を求め始めていた。城跡の草地で孤独な空想に耽っているとき、石川啄木歌集、斎藤茂吉の自選歌集『朝の蛍』、釈迢空の『海やまのあひだ』などを熱心に読んでいた。詩人としての出発が用意されたのである。そのように、平和な中学生活を送っている時に、ある事件に遭遇する。中学の最後の学年である五年の時、親友を含む級友の数人が、共産党の指示によりビラ貼りをして検挙され、街の中を連行されていったのである。学校はもちろん、町の人々の噂になり、彼らは休校処分となった。近藤が、島木赤彦の『歌道小見』を読み耽っていた頃の出来事である。「共産主義」という言葉に、くらい恐怖とかすかな憎しみとを最初に抱いたと、『青春の碑』に記す。共産主義とは嫌悪すべきものだったのである。それは、思想の内容からではなく、権力が総力を挙げて叩き潰そうとするほど執拗で、破壊的な、不気味な力を有するものとの印象からである。それにしても、最初に短歌によって精神的基盤が形成されたことは、近藤芳美を考察する上で重要である。このことがあったがゆえに、共産主義が彼の心を全的に染め上げることはなかったといえよう。

一九三一年（昭和六年）、近藤は広島高等学校理科甲類の学生となった。近藤の、マルクス主義への態度が変わってくる。それは、マルクス主義の内容を理解し始めたからに他ならない。全く手探りな、何の脈絡もない読書の中で、エンゲルスの『自然弁証法』を買い求め、心のときめきを聞くような、ひそかな喜びに浸っていったのである。エンゲルスの『自然弁証法』は、自然界の運動法則から探究を開始している。そして、すべてのものが矛盾・対立を契機として、新たな統一を生むというヘーゲルの弁証法を取り入れ、精神も運動し発展する物質の所産であるとする唯物弁証法に発展させた。その根底には、資本主義から反対物の労働者階級が出現し、その矛盾を止揚する共産主義社会が生まれるという歴史観が横たわっている。近藤は、このような読書から、唯物論の物の見方・考え方に近づいていったと記す。唯物論は、精神より物質を世界の根源的な実在とする立場であり、精神を根源的実在とする観念論と対立する。人間の意識の外に、独立して物が存在するのを認める。ここから、「人間の意識がその存在を規定するのではなく、人間の社会的存在がその意識を規定する」という唯物史観の根幹が規定される。

学園生活の深まりとともに、親友が増えていった。寮の近藤の部屋で、互いが読んでいる本を挙げ、読むべき本を教えあったりした。それは、マルクスの『哲学の貧困』『ドイツ・イデオロギー』であったり、『空想より科学へ』であったりした。お互いが見せ合った本は、次の日には読もうとする意気込みがあった。親友の一人は、短歌を作りながら、数学の得意な秀才であった。気を許した近藤が、『昆虫記』の事を語り合っている時に、生命とは何か、生きているという事は何なのかと、疑問を口にした。その問いに親友は、「そんな事はみな観念論だ。生物が生きているという個々の事実だけが大事なのだ」と答えた。それに対して近藤は、どこかで「それは違う」と心の中の自分の声を聞いたという。親友の主張は、唯物論につながるものであろう。その唯物論に全的に同調できなかった近藤を、ここに見る思いがする。

三　基軸となる短歌

このような高校生活の間、近藤は短歌の事をおろそかにしていく。というのは、「私たちが今学ぼうとしている事、語り合おうとしている事に較べて、短歌はあまりにも小さく、息の弱い片隅の文学のように私には思えていた」からである。しかし、遠ざかりつつあった短歌へ再び近藤を向かわせたのは、アララギの先輩が語る、茂吉や赤彦などの生活と文学の生き生きとした話であった。それらの話の中に、近藤の短歌観を変える大切なことがあった。近藤らが愛好していたのは啄木らの感傷を表現とする作であり、彼らの教える詩歌というものが全く異なる概念であるということを知ったのである。彼が悟ったのは、「生」と呼ぶ内面のものを表現し、作りつづけていく事によって、その内面の世界を自分の中に深化させていく詩歌の意味であった。生涯をかけたきびしい苦行のようなものを、自分に律していくことに、歌人としての人生の意味があると理解した。このようにして、近藤はアララギ会員の家で催された歌会に出席した。その中で、広島在住のアララギ歌人中村憲吉の歌に出会った。憲吉の『しがらみ』を読むようすすめられ、一連の作品を示されたのである。

山坊の夜語りに更けて向く僧は精進食をたもつ歯のきよくあり
山のうへに春さむく僧の行きかへり黒衣ふくれて白き襟巻

前の歌は、「歯のきよくあり」の描写が、肉感を伴うほどに行き届いている。また、後の歌は、「黒衣ふくれて」に、浅い春の季節がよく表れている。この歌会に出たことにより、「物を見る」という、それまで誰も開いてくれなかった制作の場所の扉を、この二首によって開いてもらったと述べている。こうして初めて「写生」の大事な事を学んだ。また、茂吉の『赤光』とは異なった、愛情と憧憬を憲吉作品に感じ取ったのである。

短歌にのめりこんでいる頃、すでに日本は暗い時代に入っていた。アララギの仲間からアララギ歌人たちの話を聞いた頃の一九三一年（昭和六年）九月十八日、満州事変が勃発していた。柳条湖事件ともいう。関東軍が自ら満鉄線路を爆破し、飛び出してきた中国兵を射撃した。関東軍は、中国軍が不法にも満鉄線路を爆破し、日本軍に攻撃してきたので、自衛のため応戦したと発表した。これはでたらめであったが、敗戦後まで日本国民のほとんどすべてが、関東軍の発表を信じていた。事件をきっかけに、奉天城攻撃が開始され、各部隊に出動命令が下された。政府は閣議で不拡大方針をとったが、軍部は中央も関東軍に呼応して戦線は拡大していったのである。幣原外交による国際協調路線は終わり、以後、日本は果てるともない十五年戦争に突入していく。

満州事変にともない、日本国内は戦争の影に覆われていく。その頃近藤は、短歌をやっていることを知られることに、羞恥を感じていた。それは、周囲が国の行く末に関心を抱いているのにかかわらず、短歌という文学に打ち込んでいることが惰弱に思われる、といううしろめたさであった。短歌を作るということは、めまぐるしく変転してゆく時代の中で、どのような意味をもつのか。現代を生きる私たちにも突きつけられる重い問いかけである。近藤は、しかし、短歌にますます傾倒してゆく。それは、鬱屈した社会、時代から逃れる術ではなかった。すでに彼が体得した、「生」と呼ぶ内面世界の表現のためのものであったと言えるであろう。そこには、時代に押しつぶされてはいけない「個」というものの、かけがえのない「生」を、懸命に追求しようとする姿を見るのである。

四　満州事変までの歌壇の状況

満州事変によって日本が戦時体制へと突き進もうとしている時、それまでの歌壇はどのような状況だったのであろうか。一九二八年（昭和三年）九月十二日、筏井嘉一、柳田新太郎、前川佐美雄らによって「新興歌人連盟」が結成された。この結成によって、以後短歌革新運動がめまぐるしい動きをしていく。これに加盟した歌人は、矢代東村（詩歌）、坪野哲久（ポトナム）、渡辺順三（芸術と自由）、土岐善麿（所属なし）、大塚金之助（アララギ）、五島（石榑）茂（心の花）、五島美代子（心の花）などの人々であった。そのスローガンに、革新運動の戦線統一、宗匠主義の打破、内容矛盾の揚棄などが掲げられた。機関誌は「短歌革命」とし、十一月創刊を目標とした。少し後になるが坪野哲久は次のような作品を詠んでいる。

満洲をうのみにしても飽きたらぬおい等の国だよ愛想がつきらあ

あぶれた仲間が今日もうづくまつてゐる永代橋は頑固に出来てゐら

また大塚金之助には昭和二年頃に次のような作品がある。

鉛筆は古くなりしと思ひたりおよそ何時買ひし鉛筆にやあらむ
夜おそくつと足のうら気にかかり砂のこぼるる足袋を振りをり

そして大塚は、一九二八年（昭和三年）八月に「定型律短歌の歴史的限界性」という一文を書いている。実際の短歌制作にあたっては、「多角的な内容を注入し、破調を効果的に多く用いることによって、定型律に衝撃を与え、短歌の階級性をかちとる」ことを強調した。さらに定型律短歌そのものを「封建的イデオロギーの遺産にぞくするもの」と断じた。このことは、後の短詩ないし長詩への短歌解消論に転化されることになる。

いさましい出発を宣言した「新興歌人連盟」であったが、当初から思想的対立をはらんだゆえに統一を欠き、不安な結合体であった。早くも一か月後、坪野、大塚、渡辺らは脱退を表明した。渡辺順三は、新興歌人連盟の結成と解散は、ブルジョア自由主義とプロレタリア運動との対立であったと述べている。

脱退派は「無産者歌人連盟」を組織し、機関誌「短歌戦線」が創刊された。「新興歌人連盟」

は為すこともないまま解散したのであった。こうして一九二八年（昭和三年）十一月に「無産者歌人連盟」が結成された。大塚金之助、坪野哲久、渡辺順三、浅野純一らが中心であった。このころの左翼文学界の動きとして、昭和四年初頭の全日本無産者芸術団体協議会の再組織（ナップ）が成立している。歌壇は昭和四年に入ってからも、変動してゆく。

五　プロレタリア歌壇の変遷

一九二八年（昭和三年）十一月に結成された「無産者歌人連盟」の機関誌「短歌戦線」には、次のような作品が掲載されていた。

夜の空へ撒き散らしたビラの降りかかってくる中をおいらはデモで押して行く
呼びかけられた仲間が向うの歩道からおいらの列に駈け込んでくる
伊沢信平（一九二九年一月号）
山宣の死が伝えられた瞬間悲愴にゆがめられたみんなの顔が今も目にある
渡辺順三（同四月号）

連盟は一九二九年（昭和四年）五月のメーデーを記念して、「プロレタリア短歌集」の刊行を計画し、「尖端」(石槫茂)、「黎明」(田辺駿一)、「まるめら」(大熊信行)等のそれぞれの派の参加をみた。そして五月にアンソロジーとして刊行された。次のような作品を見ることができる。

遺骨をまもる旧労農党の赤旗がめそめそ泣くなと叱っているぞ(東京駅にて)
柳田新太郎

足どりがのろいのは、明日の世の担い手の子供を抱いているからだ、女達をおいてゆくな
五島美代子

『プロレタリア短歌集』は刊行と同時に発売禁止となった。だが、編集上の事で一室に顔を合わせたのがきっかけとなり、連盟と連盟外との感情的対立も融和・接近へと動いていったようである。そこで、この刊行が機となり、プロレタリア短歌運動の統一の必要が叫ばれ、同年(昭和四年)六月、無産者歌人連盟は解体、新たに七月に「プロレタリア歌人同盟」が結成され、機関誌「短歌前衛」が九月に創刊された。

この同盟には、「尖端」から五島美代子・前川佐美雄、「黎明」から田辺駿一・田辺一子、「まるめら」から大熊信行・佐々木妙二らが加わり、大いに歌壇から注目された。翌一九三〇年(昭和五年)の新年号は三千部を発行した。だが、まもなくマルクス主義に傾斜し、次のような作品が氾濫することになる。

だまつてりや会社ぢやます〳〵かさにかかつてきやがるぞ、兄弟減給反対賃金即時三割値上を要求してストライキだ　　河野　勉

これが、「短歌の詩への解消」の帰結であった。これはもはや短歌でも詩でもなかった。前川佐美雄はプロレタリア短歌運動に興味を失い、同盟を脱退し、新芸術派を興した。五島美代子ら「尖端」系の人たちも相次いで脱退した。渡辺順三らの主張した、用語は口語、形式は非定型、の結論である。同盟内部でも論争が重ねられ、「短歌前衛」一九三〇年（昭和五年）八月号に載った林田茂雄の「短歌革命と短歌性の喪失」で一応の決着をみた。この論は、短歌性とは、三十一音律定型という形式的範疇であり、この形式が破れれば短歌ではなく、一般短詩へ解消したことにほかならぬ、とした。その結果、「プロレタリア歌人同盟」は解体し、「プロレタリア詩人会」と合同した。同盟はこうして一九三二年（昭和七年）一月に正式に解散した。坪野哲久や渡辺順三らは、一九三三年（昭和八年）四月から、「短歌評論」においてプロレタリア短歌運動の再結集をはかっていく。このような時、近藤芳美は「アララギ」に入会してゆく。

六　アララギ入会

近藤芳美が「アララギ」に入会したのは、プロレタリア短歌運動がめまぐるしい変転を遂げ

ていた一九三一年（昭和六年）の十二月頃であった。近藤がプロレタリア系ではなく、なぜアララギを結社として選んだか、そこには次のような理由があったと思われる。まず第一に、初めての短歌の授業で聴いた歌人たちのなかで、土屋文明や釈迢空の名前が印象的だったことである。教師は国学院を出たばかりであり、迢空の出版されたばかりの第二歌集『春のことぶれ』をみせびらかした。迢空はすでに、一九二一年（大正十年）にはアララギから遠ざかっていたが、近藤には「アララギ」のことが妙に印象に残ったようである。教師が説明したアララギの意味を鮮明に記憶しているのである。一位という樹木の別名であり、塔という意味もあるということを。そして第二に、身近に「アララギ」会員がいたことである。ましてや、その夫人は茂吉や晩年の赤彦のことを知っていた。まさに「伝説の中の存在であった」アララギ歌人たちのことを直に聞くことができたのは、望外の幸せだったに違いない。そうであれば、地元で歌会にも参加することが可能であった。第三に、最も大きな理由は、自己の「生」についての追求の姿勢に、アララギの歌風が向いていたということであろう。また、このことがプロレタリア短歌に関心を示さなかったことにもなるのである。プロレタリア短歌の、形式打破、口語使用、宗匠主義批判はいずれもアララギと対立する。それ以上に、階級闘争に資する短歌は、自己の内面に沈潜していくものではなかった。最後に決定的なことは、地元広島にアララギの有力歌人の中村憲吉がいたことである。入会後二か月たったころの一九三二年二月、その憲吉に会いにゆくのだった。

七　中村憲吉との出合い

アララギ会員の英語教師に伴われて、高校一年の近藤は病身をかこつ憲吉の前におずおずと自分の作品を差し出した。その時の作品の原型がどのようなものであったかはわからない。憲吉が添削して出来上がった歌は次のようになっていた。

朝々の峡路はさびし村の子らさそい合はせて学校に行く
年毎に山売りて立つる生活を伯母にかくして伯父語らすも

とにかく「原型を失って」しまったほどに直された。だが、憲吉はわずかな長所さえをも指摘し、真摯に一人の高校生の作品に向き合い、作品の批評をしてくれた。そして、「アララギ」の歌の神髄である「写生」についての説明を受けた。「写生。生を写す。生とは生命という事であり、生活といってもよいのだ」と。この時の、「生活」という意外な言葉は、近藤の胸に深く刻み込まれた。また、柳の枝が風に揺れている、というのを詠うときに、それだけではいけない。柳の枝が地を掃くように揺れている、と表現すべきなのだとも説明した。

一首目。父親の郷里の中国地方の山の中の情景だという。子供たちが学校へ行くという風景も、暮らしの中の現実であり、「さそい合はせて」はまさしく「柳の説」であって、これが

「生を写す」ことであり、子供たちの生きている命の現実感を出すということなのであろう。

二首目。「山売りて立つる生活」の「生活」も憲吉が入れた言葉に相違なく、近藤は「伯母居ぬ時に」が原作だったとしるしている。そうだとすると、「伯母にかくして」への改作は、伯父の生態、すなわち伯父の命の表現をすることの大切さを示したかったのであろう。ともかく近藤は、憲吉に逢えたことを幸せと感じて帰っていったのだった。

このころの近藤の作品は、他の仲間と比較して大きな違いはなかったように思われる。近藤と前後してアララギに入会した、高校のひとつ上級生の山田悦二の当時の作品に次の歌がある。


たたかひに渡る兵士よいつの日か同じ感激にここに帰らむ

この時、近藤たちは山田の作品を理解せず、口々に非難めいた批評をしたという。だが近藤はその歌を、戦争がしだいに切実となっていった日に、重石のように脳裏によみがえったことを告白している。「稚ない山田の作品は、私たちが必ず歌わなければならなかった事を、弱々しい、しかし誠実な自分のことばでたれよりも早く歌っていたのだった」と。山田悦二の作品を稚ないと見ていた近藤も、やはりまだ飛躍にはほど遠かった。一九三二年（昭和七年）四月号の「アララギ」が彼のデビュー作である。

山峡の家みな低し葺屋根に夕餉のけむり暮れのこる見ゆ　（四月号）

旅芸人の楽隊は触れて行きしかど宿はづれより練り返し来ぬ　（六月号）

前の歌は、「朝鮮」と題しているので、自分の生まれ育った朝鮮の農村風景であろう。穏やかな自然と日常に抱かれた山村の暮らしを連想させる。むろん、そこにある植民地支配の矛盾や朝鮮の人々の苦悩を表現することなど思いもつかない段階にいる。「低し」「暮れのこる」あたりに、写生の努力のあとがみられる。

後ろの歌。「練り返し来ぬ」あたりが近藤自身の表現だとしたら、つまり憲吉の手が加わっていないとしたら、ものを見る眼、描写力の鋭さをうかがうことができる。

それにしても、山田と比べても社会を観察する視点がなく、ものの捉え方が静的である。社会の矛盾を感じ取る知識や知性と、短歌創作の題材となる社会は、全く別物であり、あくまでも社会とは一日の暮らしの中に見える自然の中にあり、小市民の平面的な世界であった。むしろ短歌表現とは、そのような世界を描写するものだとの固定観念さえうかがえる。歌に思想を盛るということをまだ知らなかった。上級生の山田悦二よりも遅れていたと言えるかもしれない。

第二章　ファシズムの席捲

一　満州国建国と五・一五事件

近藤が憲吉宅の歌会に参加したころの一九三二年（昭和七年）三月、満州国が建国された。執政に就いたのは、清朝最後の皇帝宣統帝溥儀であった。溥儀は、前年、天津から自動車のトランクに隠れて混乱を脱出し、変装して日本船に乗り込み、渤海をわたって営口に上陸した。民衆の大歓呼に迎えられると思い込んでいたが、出迎えたのは甘粕正彦ら少数の日本人であった。その後、関東軍の軟禁下に置かれた溥儀は、満州国を建国しようとする情報を知る。溥儀は皇帝の地位を要求するが、参謀の板垣征四郎から、皇帝ではなく執政で満足せよ、受け入れなければ敵対的態度とみなすと言い渡された。こうして三月九日に溥儀の執政就任式が行われ、満州国が建国された。

執政宣言には、王道楽土の実現こそ満州国の理念であることがうたわれた。だが、その内実は板垣が溥儀に調印させた文書に明らかである。本庄関東軍司令官あてのその書簡によると、満州国は、国防・治安を日本に委託し、その経費は満州国が負担する。鉄道・港湾・航空路・新路の建設はすべて日本に委託する。日本の軍隊が必要とする施設に援助を提供する。日本人を参議に任用し、中央・地方の官署にも任用する。大要、このような内容であり、ここに満州国の実態が示されていた。

このとき、日本国内では、マスコミも民衆も、満州国樹立を歓呼をもって迎えた。時の犬養毅首相は、軍部に押され、結局は満州国独立政策を容認する。しかし、議会政治擁護の姿勢が、軍部との対立を招く。犬養はラジオ放送で、議会政治が決して亡びないことを強調した。さらに、五月九日の政友会関東大会でも、同様の演説を繰り返した。昭和恐慌に喘いでいた不況下で、人々は企業の倒産や失業、賃金の切り下げにさらされていた。農村では、農産物価格の下落や東北・北海道の凶作、都市の失業者の帰農などにより、欠食児童や女子の身売りが続出していた。陸海軍の青年将校らは、日本のゆきづまりの原因が、財閥・政党などの支配層の無能と腐敗にあると考え、これらを打倒して軍中心の強力な内閣をつくり、内外政策の大転換をはかろうとしていた。そのためのテロ計画が進行していた。五月十四日、チャーリー・チャップリンが来日した。神戸に入港して大歓迎を受けたチャップリンは、その夜、特急で東京駅に着いた。熱狂したファンで身動き出来ぬほどであった。誰もが、翌日の凶変を想像もできなかった。五月十五日、海軍の青年将校らによって犬養首相は暗殺され、政党政治は終わりをつげた。

二　建築学への進路決定

高等学校三年になる頃、近藤は大学の進路先を建築科と決めていた。横浜商工の建築科を受験して合格していたこと、その学校の自由な雰囲気が印象に残っていた。また、中学校の数学の教師の平面の説明によって、平面というものがどこまでも広がってゆく夢の多いものであることが心に残っていた。さらに、この頃建築の世界は、大きな転換期を迎えていた。ヨーロッパの建築の思想であり、それまでの流れを全く変えてしまうほどの転換であり、建築を志す青年たちに強烈な衝撃を与え、世界観を一新させるような新たな考え方が沸き起こっていた。

一九〇〇年頃から一九二〇年代にかけて、機械が建築の新しいモデルとなった。それは、合目的性を追求した設計である。航続距離五〇〇㎞の飛行機には目標達成という機能が明確に設定されており、それを実現することだけを考えて設計されたものが美しい、とする。また一方で、機械のもつダイナミズムに関心を寄せるグループもあった。これは機械の動作に近代文明の特徴を見つけ、機械をロマンティックに賛美しつつ、シースルーのエレベーターをデザインに取り込んだりした。このように、この時代、機械に触発された建築デザインには、合理主義的なものと、ロマン主義的なものがあった。ロマン主義にもとづき、ヴェスミン兄弟によるプラウダ社屋コンペ案などはその典型だが、そうしたシースルーのエレベーターの建築案は、ソ連ではスターリンが実権を握るにつれて、人民の実用性を重視する社会主義美学に取って代わられてゆく。

近代建築とは、合理主義的な、機能に重点をおく建築の流れを指す。一九一九年（大正八年）には、ドイツで「バウハウス」という工芸、美術、建築のための学校が作られた。クロピウスが校長のバウハウスの理念には、工芸を建築の下に統合し、手工芸を創造の源泉として重視することであった。クロピウスは前衛芸術の教授を多く集め、バウハウスは前衛芸術のセンターとなった。しかし、途中から、機械による大量生産を前提にした幾何学的でシンプルな、造形重視のインダストリアルデザインを指向するようになった。一九二五年、いったん閉館されたが、造形大学として認可され、そこに建築専門課程が設置された。クロピウス設計の新校舎は、外壁が白く平滑に塗られ、ガラスのカーテン、ウォールが造られ、主体構造には鉄筋コンクリートが採用された。このバウハウスに見られるような、合理主義を基盤とし、線や面の幾何学的な要素の構成という新しい美学にもとづいて、一九二〇年代に結実した建築をモダニズム建築と呼んだ。

このモダニズム建築の牽引者となったのがコルビュジェである。彼は、鉄筋コンクリートを建物に導入し、鉄筋コンクリートのフレームの間を煉瓦で埋める工法を採用した。住宅の設計ばかりでなく、都市計画の提案や著書の出版にも積極的に関わっていく。彼は機械を、明確な目標を持ち、完全に作動するものとして賛美し、建築のモデルと見なした。彼の著書には、「住宅は住むための機械である」という有名な言葉がある。彼は、ボリシェビズムやサンディカリズムに共感を示したかと思うと、ムッソリーニに会見を求めたりするなど、仕事のためには、イデオロギーにとらわれない奔放な行動を示した。パリにあるコルビュジェのアトリエには、彼にあこがれて無給でもいいから働かせてくれという若者が、各国からひっきりなしに訪れるようになった。まさに、モダニズムを代表する建築家となった。

しかし、ロマン主義も衰退してはいなかった。合理主義が機械を賛美するものなら、ロマン主義は自然をモデルとするものであった。そこでは人間の感性が重んじられ、個性や多様性が尊重された。幾何学ではなく、自由な線や面など、ダイナミックな動きを感じさせることによって、個人の内面を表出することに創作の意味を見出した。それがドイツ表現派であり、ブルーノ・タウトはその流れを代表する。

近藤は、ブルーノ・タウトに「心ひかれた」と記している。短歌をやっている近藤にとって、個性や多様性に重きを置くロマン派のほうが魅力的に思えたのだろうか。また、建築に関して言えば、都市と人間の有機的な豊かな表情を思い浮かべていたのかもしれない。歌人近藤芳美を語るとき、建築家近藤芳美というもうひとつの面を置き去りにすることはできない。のちに、東京工業大学へ進学したあと、清水組（清水建設）に入社し、社会人としての長い経歴をそこで過ごした。定年後は、神奈川大学工学部建築科教授となっている。建築に対する近藤の関わりは、少年期から老年期までの長い期間にわたるものである。建築を志したのは、合理主義的、機能主義的な新しい造形理論に触発されたものであり、西洋文化へのあこがれはこのころに沸き起こってきたのであろう。モダニズムではあるが、コルビュジェの『建築芸術へ』をフランス語の原書で読みふけったと述懐していることがそれを証明している。それほどコルビュジェの建築、都市計画論は斬新であった。近藤は、都市空間に住まう人間の在り方に、彼なりの理想を抱いていた。自分の手で都市を造ってみたいという大きな夢であったかもしれない。級友と、「未来の芸術、未来の生活の事を語り合っていた」と記している。

三　近藤の結社観

一九三二年（昭和七年）二月に、憲吉宅を訪問してから、短歌を作ることは近藤の生活の一部となり、「アララギ」への投稿も続けられた。三月二十七日、憲吉宅で赤彦忌広島「アララギ」歌会があり、

石掘りて吾目守りいつ玉虫の体《み》の腐《く》ちたるが翅耀ふを

を提出していた。ていねいな写実の歌である。石を掘り起こした時に、玉虫の小さな死骸を発見し、その朽ちた体を覆う翅を一心に見つめ、手を止めて立尽くす作者像が浮かんでくる。小さな生命の果ての姿を凝視するという若さと、美しく不気味な輝きに放心する老人のような

恍惚感が同居する、手堅い作品である。このような歌が「アララギ」に掲載されていた。後に文明選に移るが、二年後の二十一歳の時に文明と会った際に、「君はもっと老人かと思っていたよ」と言われたのも無理からぬところがある。ところで、ここまで「近藤芳美」と記してきたが、この時点では「近藤芽美」である。「芳美」というペンネームを使うのは、神田の予備校に通うため上京し、アララギ発行所の歌会に通うようになってからである。

その歌会というものに、近藤は違和感を覚えることが広島であった。今の私たちにも通じる鋭い指摘をしている。次のように述べている。「歌会の人々はあたたかく、私たち新しい会員に対し、好意にあふれていた。しかしその好意の奥に、何か眼に見えない冷え冷えとした秩序のようなものがあることに、私ははじめから気付いていた。その秩序が、茂吉とか憲吉とかの名を権威として、偏狭な彼らだけの領域を形作っている」と。近藤が後に、未来短歌会を結成するときに、このような冷たい壁を取り払おうとしたことは、容易に想像できる。主宰や編集人をも「先生」と呼ばずに「さん」と呼ぶことをルールにした。このようなことを手始めとして、平等な個の集団であることを目指したように思われる。

四　ナチス政権の誕生

一九三三年（昭和八年）一月、ナチスが政権をとり、ヒトラーが首相の座についたという報道がもたらされた。第一次世界大戦後に締結されたベルサイユ条約によって、ドイツは戦後賠償と領土の割譲を余儀なくされた。このことはドイツ国民にとって屈辱というだけでなく、賠償金支払いという重い負担としてのしかかっていた。ヒトラー率いるナチスは、このベルサイユ体制の打破を叫んで人々の人心を掌握してゆき、徐々に党勢を拡大していった。ヒトラーの目指した政治体制は、一九三二年五月と六月の新聞編集者との二度の会見録に表されている。「私はドイツを不運に陥れた民主主義の敵である。婦人参政権の支持者でもない。大学教授と女中とが、投票の際に同じ権利をもっている。このような制度は永久に廃棄されねばならない。政権獲得後一年で、議会主義・連邦主義の思想はわが憲法から抹消されるであろう。ドイツ国民にとって必要なのは、良く機能する議会ではなく良い政府であり、議会はお喋り小屋にすぎない。時いたれば、わが党の組織が報道政策と新聞について配慮することになる。ユダヤ的、マルクス主義的思想が居座る余地は全くない」。ヒトラーの本音を記したこの会見記録は、当初、公表を厳禁された。しかし、その政策は政権獲得後に一挙に実施されることになる。各政党が内部抗争に明け暮れる一方で、党の組織を整えたナチスは選挙ごとに得票を伸ばしていった。

ナチスの選挙運動の異質さと組織性は、一九三〇年九月十四日の選挙に表れている。ナチスの集会での演説会は、大衆の理性が麻痺する夜間に行われた。また、ナチス党が重視する集会・演説会での弁士養成機関として、「民主主義弁士養成所」が設置されていた。そこでは四カ月の通信講座、八カ月の実習で党弁士の資格が与えられた。弁士は、ユダヤ人、マルクス主義、農民、新聞などの特定問題を担当する郡管区弁士、その上級に経済、文化、外交、青年運動といった広範囲のテーマを扱える大管区弁士、最上位にはどのような問題についてもしゃべれる全国弁士が位置した。この選挙の結果、ナチスは一四三議席の社会民主党に次ぐ一〇七議席を獲得して、誰もが予想していなかった第二党の地位を確保した。そして、一九三二年の大統領選に立候補したヒトラーはヒンデンブルクに敗れはしたものの、第一回目の投票で得票率三〇・一%の一一〇〇万票を獲得して注目を集めた。再選挙によってもヒトラーは敗れたが、ヒトラーの飛行機遊説はナチス党の新案として市民の人気を集めた。そして、この年の末に行われた総選挙では、二三〇議席を獲得して第一党になった。第二党の社会民主党の一三三議席を大きく上回ったのである。こうして、一九三三年、ヒンデンブルク大統領はヒトラーを首相に任命し、ナチス政権が誕生した。

ヒトラーが首相になったという報せは、近藤たち学生に大きなショックを与えた。「わたしたちのよって立っている足場のようなものが、遠い世界から崩されようとする、低い地鳴りのようなものを、今しばらく関わりのないその報道の中にひそかにたれも聞いたのであった」と記している。一人一人の個人の上に国家という大きな装置がのしかかる社会へと変質してゆく時代の流れを、ひしひしと感じていた。ヒトラーはこうして頂点に登りつめ、国民の熱狂的な支持を受けることになるが、一九三九年（昭和十四年）、ヒトラー全盛の頃すなわち第二次大戦の勃発の日の九月一日に茂吉は次のような歌を詠んだ。

　われよりも七歳あまり年若き彼の英雄は行くてをいそぐ

原作は「行くて」ではなく「滅び」であり、「滅びをいそぐ」であったという。そうであれば、茂吉はヒトラーの破滅を早い段階で予見していたことになる。そして、ヒトラーの政治の何か事を急ぐ、その性急さに、脆く危ういものを見ていたのであろう。茂吉の鋭い感性が、ここに表れている。

五　滝川事件

ナチスに見られるようなファッショ化は、ドイツだけではなかった。ヨーロッパのいたるところで民主主義と全体主義の衝突が起きていた。すでに早い段階で軍部の勢力が政権を左右するようになっていた日本では、ファッショ化は綿が水を吸うように浸透していった。それはマルクス主義の弾圧から、自由主義への攻撃へと移っていったことに象徴される。

事の発端は、京都帝国大学教授滝川幸辰の中央大学での講演であった。一九三二年（昭和七年）十月二十八日のその講演の中で滝川は「犯罪は国家の組織が悪いから生ずるのであって、国家が刑罰を加えるのは矛盾である。犯罪は国家に対する制裁だ」という趣旨の発言をした。これがきっかけとなり、文部当局により、滝川の刑法学説が調査の対象となり、大学での講義およびその著書が問題視された。

滝川の刑法学説は客観主義である。行為主義とも言われ、この立場は旧派と呼ばれる。それは、刑罰をもって理性人に対する威嚇ないし心理の強制として構成する。刑罰によって犯罪を抑止するのである。そしてそれを公正かつ有効にするために予め明確に法律で定めておくことから罪刑法定主義が導かれる。罪刑法定主義とは、犯罪行為時に、予め刑罰が定められていなければ罰してはならないとする理論である。ここでは類推解釈は禁止される。類推解釈を禁止することは、法律用語の拡大解釈を制限することである。曖昧な刑罰規定は許されないとする。さらに、刑罰を犯人の意思ではなく、行為の重さに比例させる罪刑均衡主義が採られる。このことは、自己の犯罪の大きさと責任に相当する刑罰が科されるとする応報刑論にいたりつく。こうした立場は、理性人ないし自由人を前提にするものであり、犯罪は自由意志によって行われることから決定論が導かれる。決定論とは、犯罪は犯人の自由意志が決定するものであり、犯人はその決定に責任を負わなければならない、という考え方である。他方、旧派に批判的立場は新派と呼ばれる。それは主観主義の刑法理論である。新派は、資本主義の発展につれ、犯罪の増大とりわけ累犯・常習犯の増大に対して、旧派が対応できなくなったために登場した。そこでは、罰すべきは行為ではなく行為者であり、犯人の危険な性格であって、教育刑が導入される。そして刑罰は、社会の安全と市民の改善のためという目的のために加えられるとする。当時の日本では、牧野英一が代表的学者であった。治安維持法をめぐる両者の対立は、確信犯について際立っている。

確信犯とは、道徳的、宗教的、政治的義務の確信を決定的な動機とする犯罪である。自分の行為は許されていると確信して行われる犯罪である。典型的には、国家体制の変革を意図する政治犯などを指す。社会が確信犯人より一歩前進していれば、教育は可能であり、また刑罰も意味がある。しかし、社会が確信犯人より遅れていれば、いかなる刑罰ないし教育も無意味である。滝川は、確信犯論こそ、教育刑主義の破綻をなす、とする。いくら教育しても改善の余地がなく、教育の限界を指摘する。確信犯人は自分の行為を正しいと思っており、これは犯人の危険な性格ではなく、新派の立場からは罰することができないことになる。「確信犯に対して治安維持法は極刑を科しておるが、確信犯を刑罰によって教育するということが何を意味するか、筆者（滝川）には理解できない」と新派を批判する。これに対して牧野は、「犯罪現象中むしろ例外たる確信犯人と、刑法規定中むしろ例外たる治安維持法をもってわれわれの所説を難ずるのは、論法として当を得たるものか疑わしい」と反論した。これに対して滝川は、確信犯人こそ社会の真実を映す本質的な犯罪現象であり、これを例外として扱う刑法理論は、理論そのものの放棄である、と反駁した。つまり、確信犯人は社会を良くしようと意図しており、主観によって罰することはできない、という客観主義の立場からの批判である。さらに、「治安維持法が最高刑として科す死刑が、確信犯人の教育の目的に適さないことは誰にも異存がない」としたうえ、この極刑は「階級国家による敵対者へのテロルである」と付け加えた。ちなみに、ヒトラー政権下においては、反ナチの政治的確信犯をあらゆる犯罪の上において罰する権威主義刑法論が台頭した。それは主観主義の刑法理論であると言えよう。

このような滝川の客観主義は、被疑者、犯罪者の人権保障と結びついており、政府にとって目障りなものであった。四月十日には、内務省によって滝川の『刑法読本』と『刑法講義』が発禁処分とされた。『刑法読本』の中に警察の問題視した不穏箇所は四点あるが、次の箇所はとりわけ当局を刺激したものと思われる。窃盗罪は、私有財産制度最初の犯罪というべきものであり、その件数は生活難や失業の襲来によって当然に増加し、その減少は社会の根本組織の立替を断行しない限りおぼつかない、とする記述である。『刑法講義』についても二箇所が問題ありとされた。

鳩山文相の滝川処分案が伝えられると、京都大学法学部は声明を出した。「教授の学問上の見解の当否は、文政当局の判断によって決定せらるべきものにあらず。もし一時の政策により教授の進退が左右せらるるとせば、学問の真の発達は阻害せられ、大学はその存在理由を失うに至らん。せつに当局の深甚なる考慮を望む」。しかし、文部当局は、この声明を無視した。こうして五月二十六日、閣議によって滝川の休職処分が発令されると、京都大学法学部の教授・助教授・講師・助手・副手三十九名は、一斉に辞表を提出した。この時、京大法学部教官たちが選んだのは、恒藤恭が言うように「死して生きる途」であった。辞職という行為の意味するところは、「大学の本質が否定されようとするとき、大学は進んで死することによって自己の真の生命に生きる途をえらぶ外はない」というものである。こうして良心的な教授陣が京大を去ることになったが、この滝川事件はファシズムへの自由主義者の抵抗と見てよいだろう。たしかに、マルクス主義者のような変革のプログラムの下の運動ではないけれども、反動の時代に対置すべき人間像を高らかに示したということができよう。だが、社会主義運動のように強固な組織をもたない自由主義者たちの運動は、各個撃破される運命でもあった。

近藤は、滝川事件が起こったとき、「赤化思想」であるという言葉が、一人の人間と思想とをやすやすと葬り去ることの出来る日が来ていることにようやく気付こうとしていた、と記している。

六　転向と河上教授

滝川事件の起こった一九三三年（昭和八年）という年は、すでに述べたようにドイツでナチスが政権を掌握した年でもあった。一九三三年は、ファシズムのコミュニズムに対する勝利の年と言ってもいいだろう。この年の二月、獄中の共産党幹部である佐野学・鍋山貞親の転向声明が新聞を通じて公表された。それは『声明書要綱』と『共同被告同志に告ぐるの書』からなる。佐野・鍋山はその中において、共産主義の原則を否定し、日本共産党の国際支部からの分離と解体を要求した。そして、労働者大衆の胸底の民族感情を無視していたことは誤謬であったとする。大衆の民族感情とは、日本の天皇制の事であり、満州で行われている戦争の事を指していた。また、皇室は民族的統一の中心であるとし、天皇制のもとでの一国社会主義をとなえていた。これが公表されるや、転向者がなだれを打つように相次いで出た。高校生の近藤芳美は、国民に向かって挑みかかるような居丈高な調子にみちている転向声明を沈鬱な気持ちで受け止めた。次のように記している。「それだけの事を、彼らは再び昂然と私たちに教えようとするのであろうか。いい得ない不快な思いで私は転向の告白を読んだ。いい得ない不快さとは、彼ら革命家たちが、そこまで追いつめられても自分の中の人間の惨めさを見ようとはしない、どのような時にも持ちつづけて行く自己肯定の心理に対してであった」。傲然とした彼らの態度を半ば憎む近藤の激しい感情が滲み出ている。

相次ぐ転向の流れの中で、元帝大教授河上肇だけは趣きを異にしていた。河上肇は、『資本論』を京都大学で講じていたが、文部省の圧力を受け、自ら辞職した。その間、マルクス経済学を日本に確立し、その著書・講義によって、読者や社会に多大の影響を与え続けてきた。その後、非合法の日本共産党に入党し、宣伝文書の作成やソビエト文献の解説などの地下活動を行っていた。しかし、潜入していたスパイや密偵により、隠れ家で検挙された。一九三三年一月十二日の事である。治安維持法違反で起訴された河上は、公判までの間、獄中に身をおくことになった。佐野・鍋山の転向声明が公表され、転向者が相次いだ時、検事は河上にも転向を迫ってきた。その結果、新聞に載ったのが、一九三三年七月二日の『獄中独語』である。「……私は今後実際運動とは——合法的のものたると非合法的のものたるとを問わず——まったく関係を絶ち、元の書斎に隠居するであろう。私は……共産主義者としての自分を自分自身の手で葬るわけである。……誤解を避けるために一言しておくが、以上のことは、勿論マルクス主義の基礎理論に対する学問上の信念が動揺したことを意味するのではない。……書斎裡に隠居した後も、私は依然としてマルクス主義を信奉する学問の一人として止まるであろう。……どうかして資本論の翻訳だけは生命のある中に纏めておきたい。……書斎裡において一廃兵としての残生を偸もうとしている私は、自由を得た暁には、一日も早くこの仕事を完成して、安逸を貪る罪の幾分を償いたいと考えている」。このように河上は、他の転向者と違い、マルクス主義者としての自分の良心と学問活動を守った。河上は『獄中独語』の中で、次のような歌を詠んでいる。

　　たどりつき振り返り見れば山川を越えては越えて来つるものかな

獄中に至るまでに多くの苦難をなめてきた自分は、そのつど困難を乗り越えて来たが、今、共産主義者としての自分を葬り去ろうとしているという感慨である。ここには、自分の運命を直視する姿が表出されている。学者から政治運動に飛び込み、さらに非合法の地下組織で活動した後に、犯罪者として捕らえられた自分の姿である。しかし、活動という実際運動から手を引くという意味で共産主義を捨てるのであり、マルクス主義を信じるという心までは権力に売っていないのである。だから河上は、後にこれを写し取るとき、「これなら今見ても恥ずかしくはないと安心した」と述べているほどである。このことは、検察当局の失望と怒りを増幅させた。判決は、執行猶予なしの懲役五年という厳しいものであった。こうして河上は下獄することになった。これにより、彼の執筆していた『資本論入門』は中断した。それは初学者にも理解しやすい手ごろな資本論の解説書であり、河上はこの作業をもっと続けたかった。『資本論入門』は五分冊からなり、『資本論』の第一部は生産過程を扱っている。第五分冊の巻末には、著者の真意として次のように記されている。「いささかたりとも原本に代位せしめようというのでは絶対になく、ただ読者を誘って『資本論』そのものを繙読する気を起こさせ、これに親しみを持たせることにある」と。謙虚な学究の徒である彼の性格がよく表されている。河上は、第二部の資本の流通過程、第三部の資本主義的生産の総過程についての入門書も書こうとしていたが、それは叶わなかった。

マルクス主義を恐ろしい思想と受け取る人たちには、河上の国家に対する反逆は、許せない大罪であった。帝大教授という高い学問的地位にあって、多くの学生を赤化させ、非合法活動に投げ込み、そして多くの彼の読者を左翼活動に巻き込んだ。その責任は懲役五年でも償われないほど大きいものであった。他方、歴史の暗澹たる深みへはまっていく情勢に憂える人たちは、博愛の精神から出たその行動の意味に思いを致した。そして、その自己の信念を守り通したということは、暗い時代における生き方の一筋の光明であった。

第三章　アララギ

一　近藤の記念歌をめぐって

近藤たち学生の間に京都大学の動きに呼応する声は聞こえず、河上教授の事も学生たちに関わりのあることではなかった。街の新聞が非難めいた調子で書きたてるのを、冷ややかな眼で眺めているだけであった。自由主義やマルクス主義への攻撃を、近藤は狂信のさきぶれの声のように聞いていた。この頃、学校の教授たちの間に亀裂が生まれ、二つのグループの暗闘が繰り返されているという噂が広まっていた。その一方のグループの中心である生徒課長の北島教授は、人情家の古風なリベラリストとして学生たちから敬愛されていた。その北島教授と近藤との間に、この暗い時代を反映する一つのエピソードがある。一九三三年（昭和八年）秋、高等学校創立十周年記念祭の記念歌募集に、近藤は応募した。ところが、当選作になりかけた近藤の歌詞が、激越ではないかとクレームがつけられたのである。そのことを審査員の一人である北島教授が、近藤と二人きりの生徒課長室で切り出したのである。問題となったのは次の一節である。

――嵐の日が近付いて来る。遠い何者かの靴音が聞こえて来る。
「学園の自由」を守るために、友よ、再び肩を組もう――

「嵐の日」とは、本格的な戦争の始まるときを意味しているであろうし、「何者かの靴音」とは、近づいてくる軍靴の喩であろう。そして、「学園の自由」とは、研究・教授の自由を守ろうとする学生たちの希望であり、滝川事件を念頭に置いていることは明らかである。近藤は自らの作品を、一夜漬けの稚拙なものと言っているが、近藤の時局に対する危機意識が飾り気なく出ているように思う。だが、この歌詞は確かに直截的でありすぎたため、審査員の中には危険なものと受け取った者がいたのである。この作品を通せば北島教授を陥れる罠が待っており、かといって作品がすでに審査員に知れている以上、近藤が引き取るわけにもいかなかった。こうして二人は、作品を、対立グループとその背後の見えない力を揶揄する詞に改作することを思いつくのである。二人は、知恵をしぼり合って、その作業に没頭した。その結果、作品は原型をとどめないものとなり、結局、近藤の作品は二位になってしまう。この改作の出来事は、後に近藤の不快な思い出となっていく。「奴ら」を冷笑したつもりだったが、冷笑された者は誰ひとりいず、言い訳めいた自己満足のあとの卑屈な行為の記憶だけが残ったのである。

「学園の自治」「学問の自由」に対する圧迫と制約は、このように深く静かに、一地方の高等学校にも様々な形で及んでいった。敢然とそれに立ち向かうことのできないような陰湿で捉え所のない無言の圧力であった。そのことは、多くの学生に無力感と挫折感を味わわせたに違いない。苦い思い出ではあったが、近藤には、北島教授に自由主義者の面影を見たことがせめてもの救いであったかもしれない。戦後の彼の第三歌集『静かなる意志』（昭和二十四年二月刊）には、北島教授の事が詠われている。戦後に二人は母校の広島高校で再会した。一方は老いて世から退いてゆく人間として、他方は新しい時代の新しい歌を創る嘱望される人間として。その再会のおりの感慨を、「旧師」と題して残している。記念歌の出来事は、なお鮮やかに近藤の脳裡に焼き付いていた。

二　旧師との出会い

戦後、近藤は北島教授と広島高校で再会した。近藤は母校の講演会に招かれていた。一九四八年（昭和二十三年）と思われる。母校の講堂は、原爆の惨禍にもかかわらず、幸いにも消失を免れていた。旧制広島高校は一九二三年（大正十二年）に設置されたが、講堂は一九二七年（昭和二年）に竣工している。場所は広島市皆実町三丁目である。高校は一九五〇年（昭和二十五年）に廃校となったが、その後は新たに発足した広島大学の教養部として取り込まれ、一九六一年（昭和三十六年）には教養部（現在の総合科学部）が千田キャンパスに移転し、入れ替わる形でここに附属中高校が入居し現在に至っている。講堂は、外観でも気づく通り、正面から側面にわたってぐるりと列柱が表現されているように、西欧の様式を感じさせる。外観はギリシア神殿っぽく見せつつも、大正時代に流行したスタイルに影響されて、ギリシア様式は崩されている。エントランスの扉周辺、すなわち扉の両側の装飾は、アカンサスの葉を表現したものであるし、玄関空間はタイルである。内部は二階席を備えるホールとなっていて、窓が多く明るい印象である。しかも被爆時に損傷しつつも火災を免れているため、ある程度は戦前期のインテリアが現存している。そして外観以上に列柱が強調され、柱は中央部に膨らみのあるエンタシスであり、柱頭装飾も付いていて、よりギリシア神殿らしく見える。

北島教授と近藤が再会したのは、その講堂であり、両者の間には様々な感慨が去来したであろう。あの原爆で、短歌を導いてくれた中島教授は亡くなっていた。また多くの知己を亡くした。思い出の地広島は、焦土と化した。一年次の寄宿舎薫風寮、二年次以降を過ごした祖母の家、旧友と過ごした喫茶店や映画館、それらはすべて失せた。それ以上に二人の位置には、時代から去りゆく者と、これから時代を駆け抜けてゆく者の相違があった。近藤は、一九四七年（昭和二十二年）に、『早春歌』『埃吹く街』を相次いで出版していた。「新しい短歌」の旗手として注目されていた。『静かなる意志』から「旧師」の作品を抄出する。

何か卑屈に壇に立ち行く先生の老いを遠くより見て泪ぐむ
泪ぐみ吾あり気づきたまわねば錯覚す十幾年の過ぎし講義室
閥をなす学を罵る声は老い君を嘲笑する吾の四囲
やや古き正義派として君ありき追はるる生徒常にかばひて
夢早く失ひ行く日君ありき時代の最後の自由主義者として
自らも追はれたまひし学園に君より去り行きし生徒なり吾も
演壇に通ふ扉を気にしつつ老いにし人よ吾は対ふに

近藤が講堂の講義室に着いたとき、北島教授は登壇するところだった。近藤は教授の姿を遠くから眺めて、学生であった当時のことを思い浮かべた。一首目、二首目で近藤が涙ぐんだのは、教授の老いに哀れを感じただけではあるまい。記念歌の改作での反骨の面影が失せたこと、人を老人としてしまう歳月の残酷さなど様々な思いが混じり合っていたのであろう。教授も自分も敗者であったけれども、あの時代に青春の日を意志的に生きるには重い枷を負わされていたことが、古い傷のように蘇ったのであった。三首目、君とは北島教授である。学閥を批判する北島教授を、老人のたわ言として嘲笑する者たちがその場の近藤の周りにいた。四首目、五首目。学校側から睨まれる生徒をいつも庇う正義派であった。それも、強い者、上の者に逆らうことが権威への反逆と捉えるような古い型の正義派であった。宴席で酔いつぶれて畳に仰向けになり、手足を駄々っ子のようにばたつかせて権力を揶揄した、近藤にとっての最後の自由主義者であった。六首目、そうした諸々の言動ゆえに学園を追われた教授。そこから自分は離れていった生徒だった。それは、自由主義者に近づくと危険な目に会うからという保身からではない。「個」を重視した近代的自由主義を知っている自分とは、何か融け合わぬものがあったのであろう。七首目、演壇に向かうのは近藤である。そして、今講演を終わったばかりの旧師と、次の講演者としての自分が向かい合ったのである。教授を「老いにし人よ」と言っているのは、若く自信に満ちた近藤の心を表している。

三　大学受験

年が明け、一九三四年（昭和九年）となった。いよいよ近藤の卒業の時が迫ってきた。級友たちは、着実に大学受験の準備を進めていた。近藤ももちろん大学へ進学する希望を持っていた。だが、他の級友たちのようには、受験勉強に熱が入らなかった。二学年の頃から、彼は数学・物理・化学などの授業に失望し、不満を抱いていた。「未知の世界の前に立つ心を躍らせてくれるような空想の余地のない」授業であった。中学時代に接した、数学へのロマンも無残に打ち砕かれていた。文科ではなく、理科に属する学生にとって、これは致命的なダメージと言ってよい。そんな近藤が学校の授業をサボるようになったのは、自然の流れであったかもしれない。

　彼の孤独な姿を見た、前川良三というピアノに天才的な才能を持つ同級生が、接近してきた。午後の科学の授業を放り出して、二人で散歩に出たのが始まりだった。前川は行きつけの喫茶店に入り、和服を着た中年のママに近藤をすばらしい詩人だと紹介したあと、クラシックのレコードをかけて聴かせた。近藤も、ヒッシュが歌うそのシューベルトの「冬の旅」に感動した。近藤の音楽に対する感性は、この時から芽生えたと言えよう。この時以来、二人はレコードの置いてある喫茶店を経めぐったり、街の周辺を逍遥するような仲になった。

　そんな近藤であったから、受験勉強が順調に進む訳がなかった。しかし、進路は早く決めなければならない。そんな時、ブルーノ・タウトが日本にやって来たのである。政権を取る直前のナチスの手を逃れてきたことは知っていたが、タウトの来日により、日本の建築の革新が進められることを夢見た。近藤の建築科志望は、この時ほぼ決まった。こうして京都帝大の工学部建築科に受験願書を出すのである。願書をだすからには、相当の自負があったであろう。だが、結果は不合格であった。その落胆ぶりが目に見えるようである。一方、前川良三は、東京の工業大学の建築科に入学が決まった。あんなに勉強しているようには見えなかった友が、と内心思ったかもしれない。こうして、一九三四年（昭和九年）三月、広島高等学校を卒業した。大学浪人となったのである。淋しく落ち込んだ近藤に、追い打ちをかけるように届いた報せは、中村憲吉の死であった。

四　中村憲吉との死別

近藤が中村憲吉を初めて訪ねたのは、高校一年の冬、一九三二年（昭和七年）二月のことであった。その後、生家にいったん戻った憲吉は、病気療養のため翌年一月には五日市に移り住んでいた。だが、憲吉の病状は悪化していた。その憲吉を見舞うために、斎藤茂吉がやってくることになり、近藤は友人と出迎えに行った。高校三年の春の頃であった。市街電車に乗って町の停留所に降りた近藤たちの方へ、茂吉と町のアララギ会員の一団が近づいてきたのである。その時、近藤は初めて茂吉を見たのであった。その時の印象を次のように記している。「血色のよい、丸い顔に銀縁の眼鏡をかけ、眼鏡ごしに、挨拶する私たち二人の高校生をしばたたく眼で見較べた。顱《ろ》頂がつやつやと禿げ、白い口髭が放心したように開いた口の上に生えていた。その口もとがすぐ笑顔になった。そのまま体温の伝わって来るような、柔和な笑顔であった」。実にきめ細かく記憶している。茂吉は旧友である憲吉を見舞うとともに、医師として診察を終えて憲吉宅を出たばかりであった。茂吉には、憲吉の症状が分かっていた。その四月十一日に、茂吉は次のように歌っている。

床のうへに胡坐をかきてものをいふ君にむかへば吾はうれしき

茂吉は医者として、胡坐の方が体に良いと憲吉にすすめた。この時に茂吉は憲吉の診察をしたのである。この「ものをいふ」の会話は、体調のことだけでなく、世上のこと、歌のことなど多岐にわたったと思われる。茂吉は「うれしき」と言っているが、これは久しぶりに会い、会話した嬉しさであって、問診した結果については暗い気持ちになっていたであろう。他方、憲吉はこの時のことを次のように歌っている。

あづまよりはるか来給いし君と居てこの三日間は実にみじかし

東京からはるばるやって来た茂吉と再会して、大いに話が弾んだようである。四月十一日まで三日間、茂吉は滞在していたのである。茂吉は、この談笑がかけがえのない時間であることを痛切に感じとっていたであろう。

茂吉は厳島で一泊することになっていた。その茂吉を送っていくため、約八名の一行は電車から連絡船へと乗り換えて厳島へ渡った。その間、茂吉の鞄を持ち続けたのが、一行の中でも一番年少者の近藤だった。代わって持とうかという誘いを断りつづけ、その役目を他の誰にも譲らなかった。あの茂吉先生の鞄を提げているのだという、はにかみに似た稚ない一人の喜びからであった。

その夜、茂吉を囲んで歌会が開かれた。仲間の万葉集を真似たような歌を、茂吉が褒めたのは期待外れであった。

わが眠る枕にちかく夜もすがら蛙鳴くなり春ふけむとす　（四月十二日）

この後、茂吉は東京へ帰っていった。

茂吉が東京へ帰って行った後も、憲吉の病状は悪化していった。その病床から、一枚の葉書が近藤に届いた。それには、「道の深きに進まんの事切望候」と、毛筆の乱れた文字で記されていた。それを見て近藤は、赤彦忌の歌会での憲吉のいたわりを想い起こしていた。歌会で近藤の稚ない作品の甘さが激しく指摘された時、憲吉は、作品の成長は長い時間の経過の中で見ていなければならないと、弁護してくれたのだった。その事のなかに、近藤は、憲吉のいたわりだけでなく、自分に対しての憲吉の期待が含まれていることを感じ取ったにちがいない。だが、近藤のその頃作っていた歌は、大和地方への旅行の記憶とお寺の歌ばかりであった。それを逃避の世界と自覚しているゆえに、ひそかな不安と羞恥が心から離れなかった。「君はお寺の歌ばかり作っている」と、北島教授からも皮肉られる始末であった。狭い世界と分かっていながらも、脱出できないでいる鬱屈した作歌時期であった。

一方、憲吉の病状はますます重くなっていった。一九三三年（昭和八年）七月七日、五日市の海辺の家を引き上げ、炎暑の中を布野村の自分の家に帰ったのである。

ふるさとに病む身かへりて心《うら》やすしあを田夏山臥《ね》てゐても見ゆ

半年ぶりに帰った故郷の家から、病身を横たえながら眺める稲田や夏山の緑の深さに生気を取り戻したような作品である。ここには、確かに自分の病軀を省みる静かさがあったと思われる。そして、さらに十二月には尾道の千光寺公園に家を借りて移り住んだ。

ふかぶかと庭木の雪を散らしつつ山小鳥ゐていろ美しき
病む室《へや》の窓の枯木の櫻さへ枝つやづきて春はせまりぬ
吾が病癒えなばゆきて奥津城に居給ふ君をゆりてもおこさむ

『軽雷集以後』に収められた、尾道での晩年の憲吉の歌である。桜の枝の芽吹きや小鳥の羽根の様子など、息づきを感じさせていて、都会的な新鮮さがある。また、小鳥が雪を「散らし」たり、枝の「つやづき」を描写するところなどは、生来の写実の方法である「憲吉柳の説」を彷彿とさせる。三首目の「君」は、アララギの仲間であり画家であった平福百穂である。死者を揺すってでも起こそうという表現に、亡き友への親愛の情がよく表されている。このように、自分の説いた理論を、最期の時期に至るまで実作に実践したといえよう。そして、ここ尾道の仮住まいで憲吉は息を引き取った。四十六歳であった。それは結核による死であった。

憲吉の亡くなった五月五日は、近藤の誕生日でもあった。近藤は二十一歳となった。その誕生日を何と因縁の深い日かと思ったことであろう。憲吉の通夜を尾道で終えたあと、亡骸は布野村の生家に自動車で運ばれた。近藤は、告別式に出るために広島駅まで来るアララギ一行を出迎えに行った。二等車から茂吉、岡麓、今井邦子が、三等車から土屋文明が出てきた。この時が、後の彼の短歌の師となる土屋文明を初めて見た時であった。時に文明は四十三歳、アララギ編集発行人であった。近藤にとって、土屋文明の印象は次のようであった。「取り囲まれるようにして、一際笑い声の高い赭ら顔の中年の紳士がいた。鋭い眼と口髭とは、何か鉱山技師か土木の工事監督を思わせた。その精悍な印象は、『ふゆくさ』などを読んで思い描いていたものとはあまりにもかけ離れていた」。作品によって作られた作者像と、生身の作者との大きなギャップを率直に吐露している。『ふゆくさ』の作品世界の事しか情報がなかった近藤には、実際に見た文明という人物の印象は、意外であっただろう。こういう事は私たちもしばしば経験するところである。そのころ文明はすでに次のような歌を作っていた。

目の前に亡ぶる興る国は見ぬ人の命のあまたはかなき
新しき国興るさまをラヂオ伝ふ亡ぶるよりもあはれなるかな
『山谷集』

満州国建国時の歌である。前の歌の「見ぬ」の「ぬ」は完了である。一国の興亡において、多く犠牲となった人々の命のことに思いを馳せていた。後の歌は、建国された満州国が、中国の土地に建国されながら日本人によって動かされるその危うさを衝いたものであろう。そのように、文明は冷徹な眼で日本という国の姿を客観視していたのである。

その文明や茂吉たち一行とともに近藤は、布野村の憲吉の生家に着いた。そこで告別式が執り行われたのであった。憲吉の死は、アララギのひとつの都会的抒情の喪失を意味した。知的で、くきやかな情景描写の埋没であった。茂吉と文明は、頼りになる仲間を失った。その悲しみは、目指すべき道を行く同行の士を失った悲しみでもあった。文明は、憲吉を悼んで次のように詠んでいる。

よき人の老いていたらむ円かさにはやく到りて君はなきかも
健けき吾のことさへこまごまと計りたまひて君はなきかも
『山谷集』

また茂吉は次のように詠んでいる。

こゑあげてこの寂《さび》しさを遣らふとはけふの現のことにしあらず
うつつなるこの世のうちに生き居《ゐを》りて吾《われ》は近づく君がなきがら
『白桃』

近藤はこの悲しみから逃れたかった。一人になりたい心境であった。憲吉の葬儀を終えた半月ほど後に、朝鮮の両親の家に帰って行った。この後、アララギでの近藤の選者は土屋文明になったのである。

朝鮮の両親の家には、高畠素之訳の『資本論』が揃っていた。高畠がその翻訳に精魂を傾け、座布団を取ったら畳が腐っていたという逸話はよく知られている。だが、近藤は、『資本論』に熱中できず、すぐ放り出してしまった。けれど、同じく父の書棚にあった『李朝史大全』には大いに興味と関心をそそられ、時間を忘れるほど読みふけった。そして、汽車に乗って、小さな村落を泊りがけで廻ったりした。その頃、母校では、学生のストライキをきっかけに文部省の介入するところとなり、創立以来の多数の教授が追放された。北島教授もそのうちの一人であった。だが、そのことは近藤にとっては、もう自分に関わりのない世界のことであった。そうした長い夏も終わり、惰性のような生活に区切りをつけるため、東京に出ることを決意した。

五　上京

一九三四年（昭和九年）九月半ば、近藤は大学受験の予備校に通うため、上京した。中学生の時に、父親に連れられて東京に来た時から五年経っていた。二度目の上京である。東京駅のホームに、獣医学校に通っている従兄が迎えに出ていた。嵐のような雨の日の夜であった。三軒茶屋駅近くの上馬の、従兄がとってくれていた下宿の一部屋に着いた。そこが、これからの東京での彼の住まいであった。

翌朝、彼は水道橋に出たあと、神田の予備校まで歩いていった。それは、神保町の交差点に近いところにある洋館の三階にあった。一階の受付で受講手続きを済ませたあと、三階のひと部屋にある予備校の教室の前まで上っていった。午前の授業を終えたばかりの、何人かの広島高校の旧友たちが、彼を見て集まってきた。その夜、彼らは近藤のために新宿で歓迎会を開いた。近藤は、旧友たちが不運な浪人生活を明るく楽しんでいるように見えた。やがて屋台のような酒場をハシゴしているうち、友人たちが互いに孤独をいたわりあっていることを知るのである。

東京の新興の夜の街である新宿は、彼らの不安な気分を発散する場所でもあった。酔っぱらった彼の眼に、ムーランルージュの赤い風車の灯が鮮やかに回っていた。ムーランルージュ、それはパリのモンマルトルのキャバレーの名前に由来する。フランス語で「赤い風車」を意味する。その元祖ムーランルージュは、フランス革命を記念する一八八九年の第四回パリ万国博の年に、エッフェル塔完成と時を前後して誕生した。美しく着飾った紳士淑女や、流行に敏感なアーティストからボヘミアンまであらゆる階層の人々が、毎夜押し寄せた。名物のカンカン踊りが始まると、人々は階級などを忘れて踊り興じた。一八九〇年には、イギリス皇太子エドワード七世までが、人気を聞きつけ、プライベートでショーを楽しんだ。画家ロートレックは、踊り子たちを愛し、そのポスターに描いたりした。そのムーランルージュが新宿に生まれたのが、一九三三年である。本家同様、建物の上に大きな風車があった。軽音楽やレヴューを上演した大衆劇場であり、学生や知識層の人気を集め、多くの作家・俳優を輩出した。近藤たちが屯していたころには、アイドルスターの明日待子がいた。そんな新宿の街をさまよい歩き、酔っ払い、近藤らは帰っていった。

六　予備校通い

歓迎を受けた翌日から、近藤に予備校通いの単調な生活が始まった。近藤の楽しみは、予備校の講習が終わった後の神田の古本屋めぐりであった。ドストエフスキーやドイツの建築家の本を買うのが喜びであった。だが、先ず大学受験の勉強を優先させることが大事であった。予備校の授業では語学と高等数学が中心であったが、高等数学を担当する今野という講師の講義は、数式の「美しさ」を感じさせる魅力的な授業であった。その今野が、当時刊行され始めた唯物論全書のシリーズの「数式論」を執筆していることを知った。戸坂潤らの唯物論研究会の発行する「唯物論全書」は三笠書房から発刊されたため、「三笠全書」とも言った。

唯物論研究会は、一九三二年（昭和七年）に結成された。創立メンバーには、長谷川如是閑

（社会評論）、小倉金之助（数学）、三枝博音（哲学）、服部之総（歴史学）、清水幾太郎（社会学）、内田昇三（生物学）、羽仁五郎（歴史学）、そして戸坂潤（哲学）らがいた。その規約第一条は、「現実的な諸課題より遊離することなく、自然科学、社会科学および哲学における唯物論を研究し、かつ啓蒙に資するを目的とす」と規定していた。唯物論研究会は、自然科学、社会科学、哲学のそれぞれの部門別に研究会をもち、それ以外にも合同研究会、公開研究会などを開くという、たいへん意欲的なものであった。この研究活動の成果が、機関誌『唯物論研究』に毎号発表されていた。『唯物論全書』の刊行もその一環としてあった。この全書は合計六十六冊刊行された。戸坂は『唯物論全書』シリーズのために、『科学論』（一九三五年十月刊）、『道徳論』（一九三六年五月刊）、『認識論』（一九三七年十月刊）の三部作をまとめている。この間、戸坂は法政大学の講師をしていたが、法政大学の学校騒動に巻き込まれて、内田百閒、佐藤春夫、土屋文明、谷川徹三らと共に、一九三四年八月に免職になっている。

戸坂の『科学論』の特徴を指摘しておきたい。「広い意味における科学というのは、……いわゆる「科学」だけを指すのではなくて、一般に学問のことを指すのである」。そして、科学の科学性は自然科学によって代表されるとし、その特徴を「実験に立脚」していることに求めている。そして哲学は、もともと科学から分離してきたが、区別を絶対化するより、両者の内部的な連関を求める必要があるという。その場合、科学の側に還元させてしまう場合も、哲学の側に吸収してしまう場合も共に誤っている、とする。こうして戸坂は、「社会科学が少なくともその単一性と唯一性との理想を保持しうるためには、どういう哲学と内部的に結びつかねばならぬか」を探求し、その哲学は唯物論しかありえぬと帰結する。その理由として、学問上の単一性と唯一性を保証するためには、単に事物を解釈するだけでなく、実験という認識の根拠を備えていなければならず、それが技術的に可能なのは現代唯物論しかありえないからだという。これが戸坂の哲学であった。

近藤が当時手にした唯物論哲学は、こうした科学的な色彩を帯びていた。ほどなく大学生になってゆく近藤は、このような唯物論に傾倒してゆくことになる。唯物論への関心を維持していたことは、次の歌によっても知ることができる。

人を恋ふる宵々なりきつづけさまに唯物論全書買ひ来ては読みぬ

近藤の浪人生活は、勉強漬けではなかった。予備校の懇親会を兼ねて観劇にも行っていたのである。それが築地小劇場であった。築地小劇場は、土方与志と小山内薫が一九二四年（大正十三年）六月十三日に作った日本初の新劇の常設劇場である。また、劇場附属の劇団の名称でもあった。日本プロレタリア芸術連盟傘下「芸術座」（千田是也、村山知義ら）が、一九二六年十二月六日から八日まで同劇場で第一回公演『解放されたドン・キホーテ』を上演した。一九二八年十二月小山内が急逝後、附属劇団内部で土方を排除する動きが活発になった。一九二九年、土方を支持する丸山定夫、山本安英ら六人が脱退し、同年四月土方与志、丸山定夫らは新築地劇団を結成した。そして、日本プロレタリア演劇同盟に加盟し、プロレタリア演劇運動を展開した。一方、築地小劇場に残ったメンバー（残留組）は一九三〇年八月に解散し、劇団新東京となったが、これも解散すると、友田恭介、田村秋子が築地座を結成した。土方や丸山らの新築地劇団は一九三四年に分裂し、新協劇団が結成された。

近藤らが観た舞台は、新協劇団となって最初の公演であった。演目は島崎藤村の『夜明け前』、主人公を演じたのは滝沢修であった。明治維新に間もないある日の朝に、主人公が言った「もうすぐ夜明けだ」という声が劇のあと銀座に出た近藤の耳にいつまでも残っていた。この暗い時代に、本当の夜明けがいつやって来るのか、そのことが胸の中を去来したという。この新協劇団と新築地劇団の団員たちは一九四〇年に大量検挙され、解散させられた。

Ⅱ 大学

第一章　東工大入学

一　歌への旅立ち

　これから歌人近藤芳美の事を記そうと思う。近藤が短歌作者として生きてきた足跡である。近藤芳美という名前を聞いて、多くの人は政治をテーマにした歌を連想するのではないだろうか。それほどに彼は、現実の社会と関わりの深い事象を詠ってきた。それは、彼が生きた時代と無縁ではない。一九一三年（大正二年）生まれの彼の青春は、日本が戦争になだれてゆく日々の中にあった。人々の自由が次々に奪われてゆく時代であった。そのような状況の中での思想の形成であり、短歌創作の営為であった。近藤の短歌はそのような地点から出発している。誰にも言える事だが、彼の短歌も初めから優れていた訳ではない。紆余曲折や煩悶を経ながら、彼独自の思想詠の形成へとつながってゆくのである。

たちまちに君の姿を霧とざし或る楽章をわれは思ひき

この歌は一九三七年（昭和十二年）の近藤芳美の作品である。戦後間もなく出版された第一歌集『早春歌』（一九四七年）に収められている。「君」とは、後に結婚することになるとし子夫人である。このように、女性への恋心を音楽的に、そして西洋風に詠い上げる相聞歌はそれまでになかった。戦後の恋歌の金字塔である。ここに至るまでには近藤なりの苦闘があった。『早春歌』までの近藤の道程を、大学受験のための上京の頃から辿ってゆきたい。

二　予備校生活

高校卒業時に大学受験に失敗した近藤は浪人となった。故郷の朝鮮に帰省していたが、大学受験のために上京した。一九三四年（昭和九年）九月半ばの事である。世田谷の上馬にある下宿から神田の予備校に通いながら、時には息抜きに友人たちと新宿の酒場へ行ったり、築地の小劇場へ観劇に行ったりしていた。そんな十月のある土曜日の午後、予備校帰りに近くの大学の講堂前に茂吉と文明の文芸講演会のポスターを見かけた。近藤は迷うことなく入っていった。そして西日の入る講堂の脇の後ろの方の席に座った。その時、文明の話は終わりかけていた。万葉集と当時の婚姻形式の話であった。冗談やユーモアを交えない学問的な文明の話は、退屈であった。聴衆も眠気を催しているように見えた。一般向けの講演というものは、皆が知っていることが七割、新しい事が三割ぐらいが丁度いいと言われる。その方が、聴衆が我が意を得たりと納得して帰るからだという。が、この時の文明の話は、すべてが聴衆にとって新しい事であったにちがいない。文明の講演が終わって会場が一息ついた所で、茂吉が演壇に立った。それだけで、聴衆がどっと沸いた。それにつられて茂吉もにこやかな顔になった。茂吉にはそのように人を和ませる雰囲気が漂っていた。茂吉が話を始めようとした時、席についていた文明がやおら立ち上がって、茂吉の後ろに回った。茂吉のために椅子を運んだのである。椅子をすすめる文明と、謝辞を述べる茂吉の二人の姿に、聴衆は温かい気持ちに包まれた。しかし、アララギの指導者格である二人の関係は、この時微妙なものがあった。

当時、茂吉は前年以来の柿本人麿研究に没頭していた。その一方、一九三〇年（昭和五年）に「アララギ」編集発行人の座を茂吉から受け継いだ文明は、有力会員による共同作業「万葉研究」を組織して、自ら指導に当たっていた。万葉集の研究という面でアララギを指導していたのは文明であって、茂吉は傍らで手をこまねいている状態であった。また茂吉は、前年の十一月に妻輝子がダンスホールの不良教師らと派手な遊興を繰り返し、警視庁に検挙されていた。このスキャンダルがいわゆる「ダンスホール事件」である。柿本人麿研究への没頭は、忌まわしい出来事は忘れてしまいたいという思いも影響していた。鬱屈した時期だったのである。この頃の茂吉の作品は歌集『白桃』に収められている。

われもかく育《そだ》ちしおもほゆをさなきが衣寒《ころもさむ》らに雪のへに遊ぶ
このごろも鴨山考《かもやまかう》を忘れ得《え》ずひとり居《を》りつつ夜ぞふけにける

前の歌の「をさなご」は北杜夫である。母親が面倒を見ないのである。後の歌は、柿本人麿の死地の鴨山がどこかを研究している夜の部屋のことである。この二首にも表れているように、物寂しく、沈潜しており、歌に暗い影のようなものがまとわりついている。他方、文明の作品は新たな発展を遂げていた。

吾が見るは鶴見埋立地の一隅ながらほしいままなり機械力専制は
横須賀に戦争機械化を見しよりもここに個人を思ふは陰惨にすぐ
無産派の理論より感情表白より現前の機械力専制は恐怖せしむ

短歌の定型をその破壊の直前まで推し進めたのは、人間を支配する得体の知れない資本主義の威圧を写しとろうとしたからに他ならない。それは、ありきたりの枠に収まりきるものではないからである。機械文明の前に人間は無力な存在なのだということを表現するのに、抒情の入る余地はなかった。短歌的情緒の拒絶である。このような文明の歌を、人は「文明調」と言ったり、「新即物主義」と呼んだりした。これらの作品は、歌集『山谷集』に収められた。この頃、茂吉の元には柴生田稔、佐藤佐太郎ら都会の知識階級の青年歌人たちが集まっていた。そして彼らの数年あとに、土屋文明選歌欄には中島栄一、杉浦明平、小暮政次、近藤芳美らが加わって来ていた。彼らの多くは学生であった。彼ら若い知識階級の青年たちは、短歌を時代の文学と信じ、かつひそかな心の拠り所としていた。茂吉と文明の間には、ライバルであるが、停滞する者と躍進する者との複雑な心模様があったのである。

さて話は講演会に戻る。茂吉の話は、短歌における写生についてであった。近藤には、それはどうでもよいことであった。彼は、茂吉の手ぶり口ぶりをよく見、その言葉をよく聞き、茂吉という人間を全身で受け止めることであった。そして最後に茂吉が、写生という説も一つのドグマに過ぎないと言った言葉に救われる思いがした。ドグマとは独断的な説とか教条という意味である。写生というのも、歌を作る上での機械的な概念に過ぎないことを自認したのである。近藤はそれを聞いて、「あたたかい喜びのようなものが流れていた」と記している。短歌は型にはめて作らなくてもよいのだと悟ったのである。この時、茂吉五十三歳、文明四十五歳であった。

三　文明との面会

講演会から幾日かした十月の、とある日曜日に、近藤はアララギ発行所の面会日に出かけていった。面会日には、文明が直々に会員の作品を添削してくれるのである。青山にある日本家の二階の部屋にはすでに先客がいて、原稿を見てもらう順番を待っていた。文明が気難しい顔で、一人一人の原稿に朱筆の丸印をつけていた。印をつけられた作品だけが、「アララギ」に掲載されるのである。近藤の番が来た。近藤がおそるおそる差し出した作品にしばらく眼を通していたが、もう一度作り直して来たまえ、と文明は近藤に突き返したのであった。そしてあらためて近藤を見つめると、「何だ、君はもっと老人かと思っていた」という言葉を投げた。憲吉が病の床に臥してから文明の選歌欄に投稿していた近藤の名を、文明は記憶していた。それらの作品を見て、文明は近藤の事を老人と思っていたのだ。近藤は部屋の隅に退がったあと、全く呆然としていた。自分が老人と思われていたことがショックだった。何故自分の歌に若さがないと見られるのであろう。今日の作品は、上京前に故郷の朝鮮で作りためておいた自然詠の自信作である。自嘲めいた想念が頭の中を駆け巡った。そして、自分が惨めに思われた。では、この頃の近藤の作品はどのようなものがあったのか見てみよう。

吹く風は銃眼に音を立てて鳴る山の方より吹くにやあらむ
堡の上の鉄道草ふかれてなびき居れど飛び散りてゆく実すでにとぼしき

「アララギ」誌上の作品である。一九三四年（昭和九年）十二月号の作品であるから、提出したのは九月頃であり、実作もそれ以前の頃であろう。「東京　近藤芽美」と記されている。本名で作品を発表したのは、この十二月号までである。一首目の歌は、風を主語にしていて、風の吹く様子だけに描写が終わっている。銃眼とは、銃を撃つために堡塁に開けた穴のことである。周りの情景が立体的にイメージできない。心の在り様も十全に表現されているとは言い難い。ただ、風のうなる音に、辛うじて作者の寂寥感が滲み出ているということは言えよう。二首目の歌は、鉄道草の穂の実が散ったこと、そのことしか表現されていない。鉄道草の穂だけに描写が留まっていて、風景に広がりがない。穂の実に焦点を合わせた詠い方に、短歌の修練の跡が窺えるということは言えよう。しかし、確かに若さを感じさせる歌ではない。枯淡な心境の歌に見える。老人が作った作品と言われても仕方がなかったであろう。これらの作品は京城の城塁を見た時に作ったものである。そして自信作であった。「アララギ」に投稿した直後に、これらの歌を矜持を抱いて文明に提出したのであったろう。近藤は、文明から賛辞の言葉が返って来るのを半ば期待しながら発行所を訪れたものと思われる。

作品を突き返され呆然として部屋の片隅に残っているうちに、面会者たちは帰っていった。居たたまれないように残っている近藤に、文明は再び声をかけた。階下の部屋から辞書を持って来るようにということであった。初めて訪ねた発行所のことであり、玄関の隣の小部屋にうず高く積まれている本の間のどこにその辞書があるか探しあぐねた。誰もいない部屋で、心細さから泣きたい気持ちになった。その時、近藤は背後に熱い体温を感じた。待ちかねた文明が部屋に降りてきたのである。文明は、「どうれ」と言って近藤に覆いかぶさるように肩越しに一冊の漢和辞典を取り出した。しばらく、近藤は文明と狭い部屋の中で対いあった。文明の眼にはさきほどとは打って変わったやさしい微笑があった。一瞬、近藤は「何か大きなものに包まれるような思いを抱いた」のだった。それは「父性」とも言うべきものに向けられる感情だったかもしれないと、後年述べている。とりわけ、女系家族の中で育ってきた近藤には、父親以外の包容力のある存在として映ったことであろう。

四　「近藤芳美」の誕生

このアララギ発行所面会日のあとであろうか。次のような歌がある。

終電車はげしくゆれてアスファルト煮て居るけむり窓ににほひ来

夜に乗り合わせた終電車が激しく揺れた時に、アスファルトを煮た匂いが窓から入ってきた一瞬を捉えた歌である。情景描写としても、「終電車」「アスファルト」が都会的であり、「窓ににほひ来」には周囲のひそけさと共に自分だけに匂ったかのような孤独な心情が出ているように思われる。これは、一九三五年（昭和十年）一月号であるから、一九三四年の十月頃に提出された作品であろう。文明との面会日前後になる。文明との面会での出来事は、よほど近藤の骨身に沁みたはずである。その上に、都会に住み、生活しているということは、近藤の作品に大きな影響を与えたにちがいない。なお、この昭和十年一月号の作品から作者名が本名の「近藤芽美」から「近藤芳美」になっている。「芽美」は「よしみ」と読む。だから「芳美」は同音異字なのである。「芽美」が生硬な印象を与えるのに対し、「芳美」の方はほのぼのした香気を感じさせる名である。一見、女性を思わせる優美な名前であるが、作品が厳しいまでのストイックさを伴うことによって男性作者であることを証してゆく。近藤がこの「芳美」という名前を気に入ったことは言うまでもないが、それだけでなくもう今までの自分ではないのだという過去への訣別と、新しい境地が見えたという自負が込められていたのではなかったろうか。ただ、「芽美」の名を知っている仲間の中には、最初の頃は「メミさん」と呼んでいた人もいたようである。この「芳美」という名前を使用し始めた頃、近藤は次のように当時を述懐している。「何だ、君はもっと老人かと思っていたという一言のもとに突き返され、その屈辱感を反芻しながら孤独な下宿部屋に帰った私は、この人を唯一の文学の師と勝手に決めた。そして、文明のもとに、東京の杉浦明平、相沢正、京都の高安国世、群馬の斎藤喜博らが集まった。それは現実と、現実の人生とをうたう土屋文明の短歌を、生きていく日の自らのぎりぎりの自己表現として選択しようとしたからに他ならない」と。

五　東工大入学

ＪＲ目黒駅から目黒線に乗って日吉方面に向かうと、線路は地上に出たり地下に潜ったりする。地上に出た時には、街の家々の屋根が連なっているのが見える。十四、五分もすると大岡山の地下駅に着く。地下のホームから上がって改札を出ると、左前方に東京工業大学のセントラルホールの屋上の側面が、一つ目小僧のように金属製の光を放っている。その建物の左横が正門である。正門の左外側は細い車道であるが、それに沿うように内側に銀杏並木が真っ直ぐに伸びている。その道を十メートルほど進むと右側にＴＡＫＩＰＬＡＺＡの建物がある。中にはレストランなども入っている多目的建造物であろうか。六層建てくらいで、離れて見ると上にいくほど屋根の庇が引っ込んでいるので、まるで階段のように見える。その建物の角を右に曲がると、つまり裏手に入ると前方の眺望が開けてくる。その中庭のようになっている左手の奥の突き当りが、大岡山南一号館である。いわゆる本館講義棟である。そこは近藤芳美が入学した頃のままになっている。

その東工大の建築学科に一九三五年（昭和十年）、近藤は入学した。建築を学びたいという中学生の頃からの夢を叶えたのである。入学当時のキャンパスを次のように記している。「淡黄のタイルの近代復興式の塔を中心に、新しい本館は巨大な白鳥のように三階建ての校舎の翼を左右に広げ、立木一つないあらあらしい丘の上に建ちそびえていた。校舎のかげには震災のあとの仮教室のバラックが風雨に朽ちたまま、まだ幾棟も残されていた」。本館講義棟は、今でも三階建ての白鳥の首のように中央が聳えて立つ時計塔になっている。その本館の、東側の翼の三階が建築学科の一画となっていた。入学したその日から、建築学科の新入学者二十名は製図室での授業に入ったのだった。

それは様式演習という科目の授業である。前田松韻という老教授が担当していた。最初はギリシアの古代建築の、コリント様式の柱列の模写であった。それをケント紙いっぱいに写し取っていくのである。新しいT定規と消しゴムを使って写し、墨入れにかかる時になって幾度も失敗を重ねながら、図面の上をいつしか汚していくのだった。その作業をしている間、まだ古代の神殿の持つ意味や建築に占める柱列の意義が理解できなかったが、学問の中に身を置いているという歓喜の感情が身体の中を駆け巡るのを確かめていた。この前田教授は、松右衛門という雅号を持つ狂歌めいた和歌の作り手でもあり、後に同好の士という事で近藤に特別の好意を寄せたのだった。地味なネクタイを斜めに締め、だぶだぶの英国製の背広の袖口からはメリヤスのシャツがはみ出していた。男子学生たちが土曜の午後の絵画の時間の風景画にあきたらず、モデルを雇って裸婦像を描くことを提案して、担当の教科主任に一喝して拒絶された時があった。そのような時、学生たちを慰めるため代案を考えてくれたのが、この前田教授であった。学校の門衛の小使いに頼んで裸になってもらえばよいではないかと、学生たちの気持ちを蘇生させようとしたこともあった。

近藤のお目当ての授業は意匠学であった。担当教授は谷口吉郎だった。紺色のダブルの背広を着た、やや小柄な若い助教授であった。近藤が東工大を選んだのも、この谷口吉郎の講義を聴きたいからであった。近藤はその名前をすでに知っていた。日本における最も革新的な建築家の一人だったからである。新建築の指導者コルビュジェの作品をプチ・ブルの所産であり、フランス菓子の化粧箱の装飾にすぎないと論文に発表していた。近藤はその論文を予備校に通っている頃に読んで、強烈な印象を抱いていたのである。一級上の二学年のクラスの製図の設計図が廊下に貼り出され、それをひとつひとつ講評する谷口助教授の批評を聴きに行ったこともあった。

建築史の講義は、伊東忠太博士であった。もはや七十を過ぎた老人であったが、その講義は名人芸であった。近藤たちの模写している柱頭の装飾がアカンサスという草の葉であることを教えてくれたのも彼であった。アカンサスがギリシア市民の生活の周辺にあるありふれた雑草であり、市民はその雑草を採って彼らの神殿を飾っていたことなどを引いて、民衆の生活の中から芸術は生まれたのだということを語った。そして、芸術が民衆から離れて基盤を失うとき、民族も文化も頽廃の段階をたどって行くことを説明した。そのように伊東博士の講義は建築史という枠を超えて、人類の文明史をも含む幅広いものであった。ただ民族と国家を果てない興亡と交代と捉えることを、近藤は老教授の限界と見ていた。近藤には、生産力と生産関係の矛盾、階級間の闘争の事が歴史の発展の背後にあるとの認識があったからである。それにもかかわらず、この講義から建築や芸術を超えたところにある歴史の本質を見つめる眼を養われた。

そのようにして、大学の授業に出席を始めた頃、講義を終えると大学の近くの森に囲まれた小公園をめぐり歩いた。そんな時、まだ馴染みきれないクラスの仲間をまとめようとしたのが、一年早く入学していた高枚時代の旧友前川良三であった。彼は病気休学して、再び近藤と同じクラスになっていた。その前川が、ある日、大学の構内の一画にある学生集会所へ近藤を連れていった。文芸部の会合に誘ったのだった。近藤は、「大学に入ってまで、そのようなものに関係しようとは思っていなかった」と述べている。近藤には、短歌を一生自己に関わっていくものとの切実な思いが確立していなかったのであろうか。しかし、この文芸部への来訪が、近藤の詩心に再び火を点けることになる。そして、文芸部と新聞部が同じ部屋を使っていたことから、新聞部の文芸欄の編集を引き受けることになった。サークルの仲間たちのお互いの自己紹介の後すぐにうちとけ、その夜には街に出て酒を酌み交わしている。

これをきっかけに近藤は再び短歌に向き合ったのであろう。「アララギ」昭和十年十月号に、半年ぶりに彼の作品が載っている。

光しむ山いただきの白砂につるみては太き虻がとび立つ
いにしへのあとはつくりし麦のびて錆びたるバスの車体が捨てありぬ

このころから、遠近の風景ではなく、特定の物象、すなわち「虻」や「バスの車体」を描写しようとする制作意図が伝わってくる。前の歌で言うなら、大きい虻が次々に絡み合って飛び立っていく様が立体的であり、動的である。そしてその一瞬を捉えている。ただ上の句は、虻が飛び立っているのを見ているなら目の前の景であるはずだが、遠くから見ている景色のような欠点がある。後ろの歌は、「いにしへのあと」が古い史跡を留める場所なのであろう。そこは今では麦畑となっていて、廃車となったバスが放置されている。麦が伸びる前から放置されているなら、麦がバスの車体の脇に伸びているように構成しなければならないだろう。

同年十一月号は次のような歌である。

月あかき駅のホームに貨物車より一丈ばかりの鮪をおろしぬ
河辺より夕あかりする終点を電燈つけて電車出で行く

前の歌は、月の明るい駅のホームがやや美的世界を構成しているが、「鮪」の重量感、生々しさが伝わって来ない憾みがある。後ろの歌は、発車する電車の様子が型通りの描写に終わっている。田井安曇が述べているように、この段階ではまだ歌の素材は「生活の外部に求められている」。だが、「太き虻」「錆びたるバス」「一丈ばかりの鮪」というように、物象の把握が質感を伴うようになり、物象の周囲が美的空間を醸し出すようになってきている。近藤はもう一歩のところまで来ていた。

第二章　昭和歌壇

一　昭和歌壇の動き

近藤芳美が東工大に入学した一九三五年（昭和十年）頃、歌壇はどのような状況だったのであろうか。昭和の初頭からその動静を概観してみたい。昭和初期の歌壇は、「アララギ」と「潮音」の二大勢力の対抗関係にあった。そして、この二大勢力に対して短歌革新の立場から批判の矛先を向けたのが「心の花」の石榑（五島）茂であった。石榑は「短歌雑誌」（昭和三年二月号）において、まず「アララギ」批判を行う。それは斎藤茂吉が発表した論文「源実朝」に対してであった。その中で茂吉が、「和歌は思想を盛りがたいものである」「短歌の領域に生活者の歌だの、無産者の歌だのと、男たけび叫んでも、出来た品物は極々甘い、少年少女のしろものに過ぎない」と述べた点を衝き、短歌を芸術の階級性、歴史性の圏外に立たしめ、社会に眼を閉じ、あらゆる革命に対して攻撃を加え、伝統主義という反動的役割を演じるものだと批判した。これに対して茂吉は、石榑のマルキスト的手法を徹底的に反駁した。石榑は「潮音」に対しても攻撃を加えるが、その論調は「潮音」の進み方に理解を示す部分もあったため、太田水穂は「マルクスから出来るだけ多くの滋養を吸ひ取らなければならない。吸ひとったらば惜しげもなく棄ててゆくのだ」と応じた。このことは、「潮音」の中に社会事象を歌った作品が多くなるという結果をもたらした。

その後、「アララギ」の斎藤茂吉と「潮音」の太田水穂との二人の間に、いわゆる「病雁論争」が起きる。これは、昭和四年十一月号の「アララギ」に発表された茂吉の次の歌が発端である。

よひよひの露ひえまさるこの原に病雁《やむかり》おちてしばしだに居よ

茂吉『作歌四十年』によれば、「はるばる来る雁に病むものあらば、この原にしばし休らえというのであって、自分の病のことに引寄せて同情したのであった」と自註している。これを同年十二月号の「潮音」で水穂が採り上げ、「この「病雁」は芭蕉の象徴の模倣」と評したことから始まる。水穂はさらに、「生ぬるい象徴説を提出してきたのは写生説の自殺であって、これは既に観念説の軍門に降参したものと云ってよかろう」と翌年の「短歌月刊」の新年号に書いた。これに対して茂吉は大要以下のように反論する。芭蕉の、「病雁の夜寒に落ちて旅寝かな」などの句は誰でも知っている。「病雁」は芭蕉の句の模倣だと言うが、楊万里の詩にもあり、「雁落ちて」という着想、用語例は古来ざらにある。水穂の筆法でいけば、芭蕉の句などは漢詩、和歌の模倣で、一文の価値もないことになる、と。そして、「僕の写生説のごときは観念説とかいう君流の幽霊説に近づいたのではなくて、もっと深く実相観入説に近づいたのだ。……重ねて言うが、君の象徴説と僕の象徴説とは根本がちがうのである」と凄まじい勢いで弁駁した。激高する茂吉の反論に対して水穂は再び筆を執り、楊誠斎（万里）の「病雁」は、亡き父を偲ぶ作者自身を象徴したものとし、画家のスケッチという種類のものでもなく、茂吉の言うごとく写生をしていると自ずから象徴が出るなどというものではないという趣旨の自分の見解を明らかにする。これに対して、茂吉は矢継ぎ早に水穂を攻め立てるが、水穂は以後応答せずにこの論争は終わった。ちなみに、この論争の経過の中で、茂吉が挙げた水穂の歌は次のとおりである。

すすけむり天ぎり立てる虚空より呻りいでたる太笛《ふとぶえ》の音
露とおき露ときえぬる豊臣《とよとみ》の夢のこぼれの櫻咲きをり
（「潮音」昭和四・六月）

象徴とは、本来関わりのない具体的なものと抽象的なものを、何らかの類似性をもとに関連づける作用である。白色が純潔を、黒色が悲しみを、鳩が平和をというように。水穂の前の歌は、虚空の中に太笛の音が響いたという唐突さを象徴しているといえよう。後の歌は、露と消えてしまう儚い存在を桜に象徴させたのであろう。これに対して茂吉の象徴は、写生の対象物から感じられる感慨のようなものであろうか。そこに両者の相違があるのであろう。「象徴の生ぬるさ」や、象徴と写実の特長にまで論議は及ばなかった。この論争は、リアリズムとアイデアリズムの対立という、短歌の本質に関わる大きな問題であったが、その本質に迫ることなく、実りの少ない非難の応酬で終わってしまった。

昭和の短歌史は、既成歌壇の動きだけではすべてを語ることにはならない。プロレタリア短歌、モダニズム短歌という、アララギとは性格を異にする潮流もあったからである。プロレタリア短歌は、マルクス主義に傾斜するあまり、作品は散文的で詩へ解消していった。それに対する反省が坪野哲久や山田あき、渡辺順三らによってなされ、定型に近いリズムを回復した。一九三五年（昭和十年）五月頃である。

ガス社外スト
炎天に頭たたかれ
ガスタンクの上
生死賭けてたたかふ俺達　　坪野哲久

引越しのその度毎に
持運ぶ
カールマルクスの像の親しさ　　　山田あき

しかし、時代が軍国主義体制に移行する時、彼らの拠る「短歌評論」は一九三八年（昭和十三年）一月、日中戦争がはじまって間もなく廃刊されることになる。

もう一つの潮流であるモダニズム短歌は、一九三〇年（昭和五年）に土田杏村らによって創刊された「短歌建設」を足場にして始まったと見てよいであろう。その初期のモダニズム短歌の一人に清水信がいる。

マルクスより
豆がうまい
レーニンより蓮根がいいよ
弁当のさいには！

のような自由律の歌がある。また、プロレタリア短歌運動から分離した筏井嘉一は、一九三〇年（昭和五年）四月、「エスプリ」を発行して新芸術派短歌運動を始めた。この運動が核となって、筏井嘉一、石川信雄、前川佐美雄、木俣修らによって「新芸術派歌人倶楽部」が結成された。

二　昭和前期の新鋭と中堅の歌人たち

新芸術派の歌人である筏井嘉一の起こした「エスプリ」が、モダニズムの先駆となった。一九三〇年（昭和五年）四月のことである。これに続いて前川佐美雄らはその所属する「心の花」において、次のような宣言文を発表している。一・われわれはマンネリズムの既成歌壇を追撃する。二・われわれは、外にとびだして芸術を忘れた自由律派・プロ派を否定する。三・われわれわれは新しい精神と新しい表現とによって純粋な芸術的短歌を建設しようとする、というものであった。そしてこの昭和五年、この宣言の趣旨に賛同する歌人らによって「現代文芸」九・十月号が発行された。

花屋の前そこだけとくに晴れやかにわれらのあゆみをとぼらしめたり　筏井嘉一
澄明の空気を吸ひて生くる秋わが秀才が信じられるなり　木俣　修
われのうちにスウジーといふをとめゐてスウジーとよべばまばたきをする　石川信雄
はろばれと虚しい魂をはこびきた野の一樹かげくろい蝶のむれ　前川佐美雄

加藤克巳はこれらの歌を、「多くは甘く、弱く、歌壇人の心をとらえるほどのものではなかったようであるが、少しは方法意識の芽生えを見ることが出来る」と述べている。加藤は積極的に評価していないが、それはこの段階においては、ということであろう。なぜなら加藤自身、モダニズムの一人としてまもなく歌壇に登場するからである。筏井嘉一は、新芸術派の志向を「古典派への精神的反逆と、近代派無産派への芸術的批判に出発したもの」と言っている。この動きの中から、前川佐美雄は昭和五年七月に歌集『植物祭』を刊行した。それは新芸術派の代表的歌集として、後々まで高く評価された。一部抄出する。

人みながかなしみを泣く夜半《よは》なれば陰《かげ》のやはらかに深みて行けり
床《とこ》の間《ま》に祭られてあるわが首をうつつならねば泣いて見てゐし

プロレタリア短歌から離脱して、それへの反動であるかのように社会や生活と隔絶した位相から定型を踏まえた東洋的境地に立ち、幽玄的な己の精神を美的に表現したと言えるであろう。また、石川信雄は昭和十一年十二月には歌集『シネマ』を刊行している。

春庭《はるには》は白や黄の花のまつさかりわが家《いへ》はもはやうしろに見えぬ
パイプをばピストルのごとく覗《ねら》ふとき白き鳩の一羽地に舞ひおちぬ

生命《いのち》さへ断《た》ちてゆかなければならぬときうつくしき野も手にのせて見る

「エピロオグ」で石川は歌集の狙いについて次のように述べている。「ここにでき上ったものは、再現派の眼からは怖ろしく非現実的に見えるのだが、同時にそれは、現実よりも現実的であるとすら、具眼の士からは見えるのである。現実の骨髄とその様相の特徴とを熟知する詩人が、もっと生き生きと想ひ浮べた「超現実的」心象こそ、人類が表現なし得る最高のレアリテを持つものである」。石川の歌は、前川以上にモダニズムの色彩が濃く、エスプリ（機知）とウイット（人の意表に出る鋭い知恵）を駆使し、シュールな傾向を一層推し進めた。

昭和の歌壇は、こうした新鋭たちの活動だけが目新しいのではなく、それと並行して、中堅歌人らも独自の動きを展開していた。その一人に前田夕暮がいる。前田夕暮に転機をもたらしたのは、昭和四年十一月二十八日の朝日新聞社の招待飛行であろう。箱根・丹沢・秩父連山方面への飛行機への搭乗は、まさに驚異の出来事であった。

自然がずんずん体のなかを通過する——山、山、山
二千米の空で、頭がしいんとなる。真下を飛び去る山、山、山

こうした自由律の歌が出来たとき、「これこそ、私の生活感情を、最も端的に表現したもの

として人にも示しうる、それが私の需めていた自由な形態であり、表現であると信じた」と述べている。夕暮が、この自由律短歌を理論づけるために、初めに提唱したのが「短歌重量感説」であった。夕暮によれば、第一段階に記紀歌謡時代とその精神への復帰による定型の確立があった。しかし、その内部の矛盾から第二段階の自由律の短歌が生まれた。そして、その対立を否定して新たに到達した高次の段階が、定型の精神と自由律を生かした自分たちの短歌だとした。ヘーゲルの弁証法のように、定型を放棄したのではなく止揚であり、定型の揚棄だとしたのであった。そして、一首の音数を二十五、六音から三十五、六音までのせいぜい四十音とし、それが短歌形式の適量なのであり、重量感なのであると主張した。朝日の招待飛行の作品は、歌集『水源地帯』（昭和七年九月）として出版された。さらに夕暮は昭和十年六月号の「短歌新集である」（自序）と言ったとき、人々は当惑した。「これこそ私のほんとうの処女歌聞」で、「等時性説」に変更すると発表した。その説明として「さねさし相模の小野に燃ゆる火のほなかに立ちてとひし君はも」を挙げ、第一句四音は、謡う場合五音と同じリズムであり、他の破調の歌でも、定型の五・七・五・七・七と同じリズムから来る等時性を持っていると例証したのであった。

その夕暮の自由律に賛意を表したのが土岐善麿であった。善麿は「君の歌集は多くの示唆をふくむものと思う。新しい韻律の発見と声調の美ということについて、自分は一層謙虚に研究をしなければならない」旨の文章を寄せている。土岐善麿はその頃、『新歌集作品1』（昭和八年九月）を刊行している。

あなたをこの時代に生かしたいばかりなのだ、あなたを痛痛しく攻めてゐるのは
　いくたりも他に僕には愛するものがある、
　　しかしあなただけのもってゐるものを愛させてくれ

などが収められている。ここで「あなた」と言っているのは短歌であり、当時の善麿の短歌に対する思いや姿勢が窺われる。その短歌観は、改造社版『短歌講座』の第一巻、『歌史歌体篇』（昭和六年十月）に述べられている。「短歌様式の短歌的伝承性は、伝統的事実であるが、それを離れて更に新しく用語韻律の自由な流動性を得たら、短歌の伝統を鋭く現代に更生しうるのではないか」という旨の論である。

ちなみに、夕暮が朝日新聞社の招待飛行で転機を迎えたのと同じく、善麿もこの招待飛行が新たな飛躍となっていた。

三　アララギの対抗勢力

土岐善麿の朝日新聞社招待飛行での作品には次のようなものがある。

上舵、上舵、上舵ばかりとつているぞ、あふむけに無限の空へ
いきなり窓へ太陽が飛び込む、銀翼の左から下から右から
一瞬一瞬ひろがる展望の正面から迫る富士の雪の弾力だ

この後に、善麿はプロレタリア短歌とも一線を画した独自の思想短歌へと進んでいく。

はじめより憂鬱なる時代に生きたりしかば然も感ぜずといふ人のわれよりも若き
眼の前の事実を歴史のなかにおくことによりてわれらが宿命を見極めんとす

これらは後の昭和十二年頃の歌であるが、善麿も夕暮もさらに変化を遂げてゆく。なお、昭和十年は与謝野鉄幹の没年でもある。浪漫主義の一つの時代が終わったとの思いが短歌界をおおった。

鉄幹を引き継いだのが北原白秋であった。一九三五年（昭和十年）六月、白秋は「多磨短歌会」を結成した。白秋は「多磨短歌会」の創立における宣言で次のように決意を述べる。「直観と余情、簡樸と幽玄、古典と新風、これらの一見矛盾を感ずる包容相において、我等は交々胎蔵し、又隠約せむとす」「万葉を尊信すれども万葉に偏執せず、新古今を愛敬すれども亦これに迷眩せず、厳たる我が軸心に座して車輪を転じ、その視野を移す」と。そして、律格を守

りながら、香気・風韻を重んじ、定型を念ずるとしたのであった。浪漫性、詩性の復興を目指しているのは明らかだった。さらに、「多磨」の創刊号から四号までの「多磨綱領」に、白秋らの文学運動が近代の新幽玄体の樹立であることを明確にした。こうして、「アララギ」の現実主義・写実主義に対抗する大きな勢力が出現した。

このような短歌界の状況を、当時の近藤芳美がどのように見ていたのかは詳らかではない。しかし、「アララギ」とりわけ土屋文明に随伴して行こうとの決意は何ら変わることはなかったと思われる。何故なら、すでに記したように土屋文明を唯一の文学の師と決めていたからである。それは文明が、現実と現実の人生とを詠う短歌作者に他ならないからであった。時代の中で生きていく自分という人間を表現するのに、「アララギ」以外は眼中になかった。

第三章　アララギ歌会

一　新しい下宿

大学生活にもしだいに慣れ、建築学科の講義にも欠かさず出席していた近藤であったが、ある日の授業をきっかけに急に熱意がうすれてしまった。多くのものを学ぼうと期待して入った大学ではあったが、依然として旧来の思考を保持している教授も存在していた。クラブハウスの課題を与えられたとき、近藤はじめ学生たちが窓の明るい、大胆な平屋根のコルビュジェ風の建物を思い描きながら図面に画き出した。しかし、担当教授はそれらを消しゴムで消させ、平屋根の代わりに古風な瓦屋根を書き加えさせたのだった。その教授にとって大切なのは、自由な発想による創作ではなく、既往の建築の知識を身につけることであった。そのことは、近藤に深い失望感をもたらした。建築とは何かという本質論を、またも繰り返す羽目になった。その煩悶は、早くコルビュジェやタウトらの建築を知った者だけが味わうひとつの壁であった。

建築は人に夢を与えるものでなければならないという思いを抱いていたがゆえに、人一倍苦悩しなければならなかった。近藤の悩みを聞いて、「それが技術というものさ」と笑い飛ばした級友のようには、簡単に割り切れるものではなかった。

迷う近藤が重苦しい図面を描いているのをよそに、友人たちは線の細い美しい図面を次々に仕上げていった。進まない作業に苛立った近藤の足は、いつの間にか製図室を抜け出して、新聞部室に向かっていた。このように、近藤は何かの課題に直面して難渋する時、必ずと言っていいほどその場から外れた事をする。憲吉の死のとき、一人悲しんでいないで葬儀に向かったのがそうであり、文明との面会日の後に、屈辱のまま気持ちが腐ることなく、新たな決意を固めた時がそうである。これは本質から逃げることではない。その問題を留保し、新たな心境になった時に再び取り組むための生物学的な対処と言っていいだろう。燃え盛る炎を抱いて、もろともに灰になるような事はしないのである。

学生新聞の編集に携わるようになっていた近藤は、学芸面を担当するとともに、新劇評などの埋草の文章を書いていた。新聞は銀座裏の国民新聞社の印刷室で版を組み、校正刷りに目を通して帰るのであった。その社屋の階段で、女流歌人の今井邦子とすれ違うこともあった。そのころ今井邦子はアララギを脱退したのち、国民新聞社の一室で女性だけの歌会を続けていた。近藤は今井邦子が足を引き摺っているのを記憶している。今井は当時四十五歳。リューマチに苦しんでいた。この翌年の昭和十一年に、「明日香」を創刊している。内面を見据え、広い視野から詠んだ骨格豊かな叙景歌や人事詠が多かったと評されている。次のような代表歌がある。

立ちならぶみ仏の像いま見ればみな苦しみに耐へしみすがた　『紫草』

入学して一年が経とうとしている頃、寄宿寮にいた近藤は新しい下宿に移った。それは大学のある大岡山の駅の裏手の、谷の崖の上に建った小さな住宅の一部屋であった。新聞広告で知ったその家を訪ねた時、玄関の庭に赤いセーターを着たいたずら好きの少女がふざけて女中を追い回しているところであった。それだけで彼は、この家の雰囲気が気に入ったのかもしれない。面接した四十前後のその母親である女主人は、母屋と離れた一棟の、日当たりの良い六帖間を案内してくれた。南と東からすりガラスを通して光が差し込んでくる明るい部屋であった。盤景の師匠をしている女主人が、週一度教室に使う以外は誰も訪れる人のいない静かな棟であった。ところで盤景とは、水盤の上に人工物で自然の風景を造る芸道のひとつである。粘土とか小石、着色した砂などで東洋的な風景を造る芸であり、大正時代から始まっていた。この家は、女主人の仕事で一家を支えているように見えた。愛想の良い女主人や部屋の環境に十分満足し、学生には不相応な部屋代ではあったが、すぐに借りる約束をした。こうして大学生活の終わりまでここで過ごすことになる。それほど気に入った住まいであった。そして、ここでの下宿生活でいっそう読書に没頭できるようになり、製図作業のかたわら短歌にも打ち込める環境が整ったのである。処女歌集『早春歌』の歌はこのころの作品から始まる。

二　短歌の開眼

落ちて来し羽虫をつぶせる製図紙のよごれを麺麭で拭く明くる朝に

近藤の第一歌集『早春歌』の冒頭の歌である。一九四八年（昭和二十三年）二月二十日に刊行された。GHQの占領下の検閲を顧慮して掲載を避けた作品もある。この歌集は昭和十一年から昭和二十年敗戦まで、近藤が二十四歳から三十三歳までの十年間の作品が収められている。掲出歌は、昭和十一年一月号の「アララギ」に掲載された。実作はその三か月前の頃と思われる。昨夜部屋の中に入ってきた羽虫を製図紙の上でつぶしたため、汚れてしまった。その汚れを朝に食パンで拭きとった、という情景である。ここには、自分の建築科の学生としての生を描写しようと見定め、自分の写生はこれでいいのだという自負が込められている。小さな羽虫を殺すという冷徹さをありのまま表現し、これから己の学業に専心するのだという決然とした心情が充分に表されている。そして、汚れを麺麭で拭きとるという西洋かどこかの学生のような製図風景が、「よごれ」と言いつつ清潔な指や手が反照される。ここにあるのは、学問に真向かう青年の気高さと潔癖さである。そして、「よごれを麺麭で拭く」という口語的な用法が、従来の文語調に捉われない新しさを出していると言うべきかもしれない。

寂しがりて言ふ友をさそひ食堂に行く古本を売りし金がまだ少しあり

近藤の下宿を訪ねてきて沈みがちな友人を励ますために、古本を売った僅かなお金で食事をおごったという場面である。友を元気づけようとする近藤の姿が見える。歌は随分と破調である。土屋文明ゆずりと言っていい。だが、少し前まで自然詠ばかり詠っていた近藤とは大きく違っている。自分の生活を衒うこともなく、あけすけに吐露し描写している。「食堂」とか「古本」とか、学生の生活の中にある事や物を歌の中に取り入れ、そのような日常の地平から哀愁を詠い起こしている。近藤は、これらの歌こそ自分のものだと思ったようである。他人の歌から真似び、習作する期間は終わったのだ。近藤は開眼した。

三　国家権力への恐怖

その頃近藤は、建築に対して新たな気持ちで取り組もうとしていた。大学の講義に疑念と失望の念を抱いた近藤に対して、新聞部の吉野光雄という建築科二年の先輩が、「新造形芸術学院」という塾の存在を教えてくれた。その塾は、ドイツのバウハウスを真似て始めた芸術運動の拠点であった。バウハウスとは、第二次大戦のあとにワイマール市に建設された工芸学校であり、新しい造形芸術の前衛的な教育を展開していた。だがナチスによって弾圧され、すでに壊滅していた。それにもかかわらず、近藤は自分の追い求める建築の手がかりを得るために、学院を訪ねて行った。銀座の街をくまなく歩き、ようやく探し当てたのは古い洋館の屋根裏にあるアトリエであった。まだ開講されたばかりのそのアトリエに二十名ほどの若い男女が集まった。講師は中年の建築家であった。ソ連のある都市の劇場の設計における国際コンクールに入選して名を知られるようになっていた。講師はギリシアの彫刻の複製を置き、像というものが点と線との抽象だということを、スケッチする作業を通して体得させようとした。また、彫刻の代わりに、鉄板に布切れを巻き付けて、物体の質を捉えようとする訓練をスケッチを通して繰り返した。近藤は、そのアトリエに半年ほど通った。だが、そこでも彼には飽き足らない気持ちが生じた。すでに死滅してしまった新興芸術運動であるバウハウスを学ぶことに、何の意義があるのかという自問である。建築は何のために、そして誰のためにあるのかという真摯な追求の姿勢が、彼を迷い惑わせていった。学院に通うこともここで終わった。

そのような日、大学での最初の夏休みがやって来た。近藤は京城へ帰った。父親の任地が光州から京城へ変わっていたためである。そこにもアララギ会員が数名いた。その彼を可愛がってくれたのは、茂吉の門人で京城医専の大塚九二生教授であった。大塚が京城在住のアララギ会員の中心にいた。近藤は、王宮の塀に沿って大塚の研究室に行くのが楽しみであり、大塚が案内してくれる郊外の遺跡を歩くのがうれしかった。またある時は、漢江のほとりを月を見ながらアララギ会員たちと吟行したのであった。

そのようにして夏休みは瞬く間に過ぎ、再び東京に戻っていった。授業の再開された秋のある日、新聞部の部室に行くと、いつもと仲間の雰囲気が違っていた。編集長が、部室に来るとき刑事から職務質問されなかったかと近藤に聞いてきたのだった。近藤は何の事かと思った。編集長によれば、近藤の書いた学生新聞の新劇評の記事が、警察で問題にされているとの事であった。それは築地小劇場で上演されている幕末を題材とした創作劇について、演出家が「歴史的相似性」という言葉を強調していることに対する、近藤なりの批評文であった。演出家は現代が革命の前夜という点において、幕末と似ているという意味で「歴史的相似性」を使っていた。それに対して近藤は、逆の方向に歴史は動いているという認識から、それを批判的に書いていたのだった。誰も読むことなどないと思っていた学生新聞にまで、権力の監視の眼は届いていた。しかし、事は法制概論を兼ねている学生課長の配慮の下に、記事の執筆者が近藤であることを知られずに済んだ。近藤は平静を装っていたが、内心は言いようのない恐怖感を味わっていた。このように思想の取り締まりは思想警察を通して、社会運動だけでなく大学の中にも及んでいたのである。

吉野光雄に誘われて、秘密めいた小さなサロンに出入りするようになったのもその頃である。若い学者、新聞記者、小説家、学生らが集うその会合は「青葉会」と呼ばれ、京橋の目立たない喫茶店で開かれていた。そこには小説を解説する大学院生がいたり、地震の運動を説明する物理学者もいたりした。会がお開きになる頃には、いつも決まって日本の情勢のことに話題が移っていった。フランス人民戦線の話が出てきたのもその頃の事である。それまで、ソ連は社会民主主義勢力をファシズムと同一視し、反ソ的、反共的勢力とみなしていた。しかし、スターリンはファシズム勢力の台頭を目の当たりにして、コミンテルンの方針を転換したのである。これは、一九三四年一月二十六日の第十七回党大会で行ったスターリンの活動報告がきっかけになったと言われている。反ファシズムのために、共産党と社会民主主義政党が統一戦線を組むべきだという方針である。これにより、フランスでは人民戦線運動が盛んになり、一九三六年には人民戦線内閣が成立する。また、国内では「天皇機関説」が攻撃され始めていた。東大の美濃部達吉教授によって展開された憲法学説で、国家を法人とみなし、天皇はその法人の一つの機関に位置する存在としていた。この説は当時の憲法学界では通説とされ、政党政治の発展に大きく貢献した。しかし、右翼の論者から「天皇を機関と呼ぶのは機械の印象を与える」というような批判を浴びていた。時代はますます暗く閉塞していったのである。

四　二・二六事件

閉塞してゆく国内情勢を、より一層危機に追い込む事件が勃発した。一九三六年二月二十六日の、いわゆる二・二六事件である。二月二十六日早暁、皇道派青年将校らが「昭和維新」をめざすクーデターを帝都東京で決行した。皇道派とは、その三年前の一九三三年に荒木貞夫陸相を中心とする対ソ主敵論を前面に掲げた陸軍内の派閥である。荒木陸相は、極端に精神主義的な国体意識の持ち主で、観念的、日本主義的な革新論を唱え、皇軍・皇道・皇国など「皇」の字のついた言葉をふりまいていた。荒木は神がかり的で陽気な言動によって一般の人気を集め、涙もろい親分的な性格ゆえに尉官クラスの者にも親しく接した。こうして、革新派の隊付青年将校は荒木に大きな信望を寄せ、盟主と仰いだ。そして荒木をはじめ真崎甚三郎参謀次長や参謀本部第三部長の小畑敏四郎少将らを中心に皇道派と呼ばれる強力な派閥が形成された。皇道派は精神主義的な国体観念の反面、激しい反ソ反共感情をいだき、ソ連をたたくためには米英や中国と提携することも辞さないとした。これに対して皇道派に反発する動きもしだいに強まった。参謀本部第二部長の永田鉄山少将はソ連主敵には同意したが、対ソ戦のためにはまず満州国の完成に努め、中国を屈伏させねばならないと主張した。永田鉄山と小畑敏四郎との反目はいちじるしく、対ソ戦をめぐる論争で両者の対立はいちだんと先鋭になった。永田らは統制派と呼ばれた。名称の由来は、陸軍の統制を図ったからとも、統制経済を企図したからともいう。皇道派ははじめ陸軍内において支配的地位にあったが、海軍側に主導権を奪われ海軍に予算まで譲らされて、陸軍内の声望を失墜した。一九三四年一月荒木は病気を機会に陸相を辞任した。

その後、陸相になった林銑十郎は、皇道派を陸軍中央部から一掃しようとした。一九三五年八月の頃である。その手始めに皇道派の頭目である真崎教育総監やその他の幹部を罷免し、代わりに統制派系人物を復帰させた。荒木前陸相は、自分が後任に推した林からの仕打ちに怒りをたぎらせた。皇道派は、統制派の元凶が永田であると見ていた。そして、皇道派の相沢三郎中佐による永田軍務局長斬殺という、白昼のショッキングな事件が起きるのである。相沢中佐に対する軍法会議が皇道派ペースで進行していることに焦りを感じた陸軍当局は、皇道派青年将校の最大の牙城である第一師団（東京）の満州派遣を決定した。公表したのは一九三六年二月二十日である。第一師団は日露戦争以来三十一年間も東京を離れたことがなかった。この措置が皇道派の蹶起の引き金となった。満州に派遣される前に事を起こそうとしたのである。

二月二十六日午前五時十分頃、岡田啓介首相官邸に栗原安秀中尉率いる約三百名の部隊が殺到し、警官四名を殺害した。首相は運よく難を逃れた。午前五時五分ころ、斎藤実内大臣私邸を、坂井直中尉の指揮する約二百名が襲撃した。斎藤内大臣は殺害された。内大臣襲撃後、安田優少尉ら三十名は渡辺錠太郎教育総監私邸を機関銃で襲撃し、ピストルで応戦した渡辺に乱射を加えたうえ、銃剣でとどめを刺した。中橋基明中尉ら約百四十名は高橋是清蔵相私邸を襲い、寝床にいた高橋を「天誅」と叫びながらピストルと軍刀で殺害した。その他、鈴木貫太郎侍従長が重傷を負った。朝日新聞社も襲撃され、活字ケースなどがひっくり返された。蹶起参加者は千四百七十三名であった。そして二十七日午前三時、緊急勅令により東京市を適用の区域とする戒厳令が公布され、クーデター部隊は「麴町地区警備隊」となり、自分たちが官軍となったことを知って万歳を叫んだ。だが、それも束の間のことであった。天皇の怒りを買って反乱部隊とされてしまったのである。

二月二十六日の朝、近藤はいつものように大学へ向かっていた。前夜からの雪は止んでいた。早春には珍しい大雪であった。雪が膝まであった。電車が停まっていた。そういえば、今朝は新聞も来なかった。家々のラジオも聞こえて来ない。街は死んだように静かであった。それを大雪のせいだと思っていた。大学の正門前の配属将校が自分の挨拶にも気づかず、駆け去っていくのを不審な気持ちで見送った。新聞部室にいた数名の部員から、陸軍の一部がクーデターを起こしたことをその時初めて聞かされたのである。大臣たちが殺されたらしい事は分かったが、詳しい事は何もわからなかった。東京大学が襲撃を受けたらしいという噂が伝わったが、それは自由主義的教授の存在するためだった。大学にも襲撃の手が伸びていた。しかし、重苦しい空気の中にも、工科である自分たちの大学が標的になる筈はないという一種の安心感があった。その時の仲間の会話を近藤は記憶している。「どのような時代が来るのであろう」。――「戦争だな。ファシズムの次に来るのは全面戦争だからな」――まさに時代がその通りに進行していったがゆえに、強く印象に残り続けたのであろう。近藤は、この日の事を次のように詠っている。

しきりにラヂオの告ぐる一日を部屋の中におどおどと居き百円札もちて

大学から帰宅した近藤は、終日部屋の中でラジオから流れるニュースに聞き入っていた。軍隊内の反乱、殺害、襲撃さまざまな思いが脳裡を駆け巡っていた。それは言いようもない不安であり、恐怖心であった。外出しようなどとは思えなかったし、できなかった。外では何が待ち受けているか分からない不穏な情勢であることが分かっていた。百円札を摑んでおどおどとしていた。百円は今のお金にして六万円くらいの価値がある。いざという時には、どこかへ——広島なり、朝鮮なり——帰らなければならない。まさに生命の危険を感じた様子が伝わってくる。だが、この大きな政治的事件をひとつの時代の転換点として位置付ける状況認識は多少あったとしても、それを作品に結晶化する作歌技量をまだ持ち合わせていなかったと言わねばならない。

師の土屋文明は、二・二六事件を次のように詠っている。

ふる雪の乱れ来る世に大君のみ民の生命守る大丈夫もがも

（『六月風』　初出アララギ三月号・四月号）

この「大丈夫」がクーデター部隊を指していることは明らかである。文明はクーデター部隊を、天皇の赤子である国民の生命を守る「強く勇ましい男子」と表現している。つまり、皇道派の蹶起部隊を肯定的に捉えているのである。その理由は、軍部内の実権を握っていた統制派による思想統制への反発と、その嫌悪すべき統制派を打倒しようとする皇道派への期待があったからであろう。だが、同じファシズム勢力であり、軍部内の主導権争い、戦争遂行の方法の差異から生じた対立の一方を、「革命軍」のように見なすのは問題である。もう一つの理由として考えられるのは、反乱後にクーデター政権が樹立された場合の、出版物への監視を考慮したかもしれないことである。文明は、この後の反乱軍の結末を見て、このように詠ったことに忸怩たるものを感じたのであろう。翌一九三七年の「短歌研究」六月号に次のような作品を載せている。

降る雪を鋼条《かうでう》をもて守りたり清《すが》しとを見むただに見てすぎむ吾等は
暴力をゆるし来し国よこの野蛮をなほたたへむとするか
よろふなき翁《おきな》を一人刺さむとて勢《せい》をひきゐて横行せり

まぎれもなく事件直後の歌である。後年、近藤は文明のこれらの歌を次のように評している。
――鉄条網を張り巡らし、銃剣により市民の通行を遮断した雪の街を、「清しとを見むただに見てすぎむ吾等は」としかつぶやき得ないひそかな姿勢が、文明の文学の中にはひそんでいる。

無論それは怒りをこめた反語である筈である——と。

五　アララギの歌会

大学一年の終わりに近づく頃、近藤はアララギ発行所に熱心に通うようになっていた。毎月の第四日曜は土屋文明の面会日であった。その日の午後、作品を持って青山へ向かった。青山の発行所の事務室の隣の十六帖の間の中央には、土屋文明が面会者たちの持参した歌稿に目を通すために小机を据えて座っていた。面会に来るのは皆社会人であり、学生は近藤だけであった。それゆえ、文明は近藤に対してはあえて柔和に接しようとする心遣いがあった。文明は歌稿に全部目を通し、朱を入れた。採られる歌は十首中三、四首であった。その間、作品に対する批評らしい言葉は一切なかった。しかし、選を受けるたびに、自分の歌のどこかが貧しいと自覚してゆくのだった。面会者たちは、歌稿を置くと次々に座を立って帰っていったが、近藤は選を受けたあとも寡黙に部屋隅に残っていた。

そんな或る日、日曜の出社を終えた三越の女性社員たちの明るい笑い声が玄関に聞こえた。彼女らを従えてきた色白の青年は小暮政次であった。小暮は、選歌している文明に物怖じもせず話しかけ、冗談を言っては笑った。そんな小暮が、近藤には羨ましかった。小暮政次は、その頃「アララギ」に次のような作品を載せていた。

胃の腑重き夜半に思へりかかはりもなき跣足の兵の勇猛のこと
つきつめて職求め来つるをとめらに幾日か会ふいたく疲れて

小暮の歌の一首目。一人の部屋に胃が重たくしている時、裸足の兵が勇敢に戦っていることを思ったという歌である。一人の孤独な空間から、広い戦場の世界を呼び起こす才気と機知に溢れた作品である。二首目。せっぱつまって三越での就職を求めて面接に来る少女たちと会い、人事担当者として採否を決める苦悩を吐露した作品である。そこには人々の生きている生活があった

近藤はそうした作品に触れて、自分の作って来た短歌が思い違いをしていることを悟った。近藤はその時の事を次のように記している。「私は短歌というものを、現実に生きている私自身とはかけ離れた所に置いて考えていたのだ。私の作る歌は、私自身の歌ではなく、私たちの歌ではなかったのだ」。近藤は短歌というものを、卑俗の世界とは異なった純粋で高度な文学領域のものと思い込んでいた。ところが、そうではないと小暮政次のような作品を見て気づいたのである。では短歌を詠むのに大切な事は何なのか。「私たちの生きている今日の生活と思想とを、そのままいつわりなく歌う事」だと発見した。既に掲出した「落ちて来し羽虫をつぶせる製図紙のよごれを麺麭で拭く明くる朝に」や「寂しがりて言ふ友をさそひ食堂に行く古本を売りし金がまだ少しあり」などの作品が生み出され始めたのはこの頃である。このように作

り出した歌に、近藤は納得し手ごたえを感じていた。
こうして、月の初めの木曜日の夜の歌会が待ち遠しくなっていった。定刻どおりに会が始まることはまれであった。若い同人たちと文明が遅い夕食をとりながら談笑しているからであった。三十人近い会員をいつも待たせていた。同人たちの笑い声を聞きながら、何かしら屈辱のようなものを近藤は感じることがあった。会が始まると正面中央に文明が座り、それを挟むように同人たちが居並んだ。司会は山口茂吉であった。司会が会員を指名して、同人誌に載った出席者の作品を批評してゆくのである。主な発言者は、五味保義・吉田正俊・柴生田稔・佐藤佐太郎ら三十代の新鋭の青年たちであった。その歌評会で近藤の作品に順番が回ってきた。その中で、近藤の次の歌が問題になった。

聖書が欲しとふと思ひたるはずみよりとめどなく泪出でて来にけり

という歌である。聖書が「欲し」とは、買って手に入れたいということである。聖書をまだ持っていなかったのである。近藤は広島の中学生のころ祖母の家に住んでおり、そこにはキリスト教の学校を出た独身の叔母がいた。叔母は讃美歌を歌いながら台所で働いていたというから、聖書についての一定のイメージは抱いていたであろう。しかし、それを所持していなかったということは、福音書についての詳しい知識はまだ無かったものと思われる。聖書を欲しいと思ったときに涙がとめどなく出てきたのは、その美しい叔母の記憶が甦り、叔母への思慕を切なく思い返したからかもしれない。なぜなら、その頃（「アララギ」昭和十一年四月号）に次のような歌を詠んでいたからである。

手淫知りし日を思えば泪出づやさしく云ひし叔母も老ひにき

けれど、その事を近藤は心に沈めていた。それらの思いが合わさって弱い者、優しい者に対する共感が、聖書を思うことによって涙となって溢れたのかもしれない。

この歌についての批評者たちの意見が、感傷的だという批難めいたものに一致しかけた。だが、土屋文明は「この作者は、もっとふてぶてしい気持ちで涙を流しているのだ」と引き取ったのであった。文明はまた、「近藤君の歌はチャップリンの映画だよ。身ぶり手ぶりは滑稽でも、本人は一生けんめい悲しがっているのだ」と、平素は会員に峻烈な批評をするように言っていながら、近藤の歌にはいたわりを示していたのだった。文明のこの一言によって、近藤は「涙はそういうものでなければならない」と思ったに違いない。そして叔母への女々しい思慕、自らが愛惜としてきたものへの断念をあらためて確認したことであろう。より澄明な、より雄々しい、より広い世界への跳躍を思い定めたのも、この時の覚醒によるものであろう。そしておそらく、この時に近藤は聖書を買い、読んだであろう。聖書の世界を知ることにより、人間の愛というものの認識を深めたと思われる。
この時、「アララギ」には次の歌も載っていた。

人を恋ふる宵々なりきつづけざまに唯物論全書買ひ来ては読みぬ

予備校に通っている時に関心を持った唯物論についての本を、この時も読んでいたのである。聖書を読むことと唯物論を勉強することとは、矛盾するものではなかった。貧者・弱者にとっての救いは、社会の変革によって達成されるとの思想は、キリスト教にもマルクス主義にも通底する。どちらも、救われるべきは弱き者、抑圧される者である。けれども両者は根本的に異なる。近藤がそのことにどれだけ自覚的であったかは窺い知ることができない。それでも、聖書を欲しいと思ったはずみにとめどなく涙を流したということは、心の底から聖書の世界への希求を表したものと言えよう。近藤がマルクス主義の実践活動に入らなかった精神の位置を、そこに見るように思うのである。

六　アララギの群像

歌評会では、若い同人の佐藤佐太郎の歌はいつも印象深いものがあった。この頃、佐太郎は

かりそめの事なりしかど眠りたる女《をみな》に照りし月おもひ出づ

などと詠っていた。これは、夜の裏町をさまよい歩きながら、この月光がどこかの家の窓辺に眠っている乙女の顔を照らしているだろうと思ったときの歌である。どこかメルヘンを思わせる清澄な世界である。また、同じく同人の柴生田稔は怜悧な表情で、精緻な批評をしていた。彼は次のような歌を詠っていた。

しらじらと峡は咲けるさびしきに昨日も今日も我は向かひぬ

柴生田は、佐太郎と同じく茂吉の門下である。昭和三年頃すでに茂吉から「君の歌は妙な癖があって、見込みがあるから勉強を続けるように」と言われた最高学府出身の才能の持ち主である。この歌は二句切れである。谷間いの山の斜面に咲いている木の花を遠望しているのであろう。旅の途次のことであろうか。淋しさのあまり、その斜面の花を遠くに昨日も今日も君に対き合った、という意であろう。森閑とした自然の中での相聞歌である。茂吉は柴生田の歌の性格を「君の生に根ざす温潤精緻の趣は、叙景に於いても抒情に於いても一首一首その特色を発揮し」ているると評している。この歌は、近藤にとっても後々までの愛唱歌となった印象深い歌である。

歌評会に座る近藤の席の位置もいつの間にか決まっていた。近藤の隣に座る青年も決まっていた。相沢正であった。相沢はその頃、次のような作品を提出していた。

水底のまなごにしづく白飯をうばひあひつつ蟹のいさよふ

相沢の好んで取り扱う虫魚の生態である。近藤によれば「器用な把み方で、きわどいタッチで巧みにこの小生物の生命を描いている。小品的作品世界に一種の才能を持つ作者であった」という。相沢は批評会の間、ポケットからバットの空箱を取り出し、裏側に小さな字で歌を書きつけていた。妹と一緒にアパートで暮らしていた。その妹は、後に小暮政次の妻となる。

その相沢や近藤の歌の理解者である樋口賢治らと、発行所の校正の手伝いを共にする仲となっていった。発行所での作業中に、まだ在学中の杉浦明平も顔を出すことがあった。こうして近藤は才能ある若い歌人との交わりの中で、まだ迷いながらも自分の目指すべき短歌を求めて充実した日々を送ることになった。この頃、近藤は次のような歌を作っている。

ほしいままに生きしジュリアンソレルを憎みしは吾が体質の故もあるべし

ジュリアン・ソレルはスタンダールの小説『赤と黒』の主人公である。野望を抱いた青年ジュリアンは、上流階級の家の家庭教師をする身でありながら、その家の夫人とも恋をしたりする大胆で奔放な性格を有している。近藤はそのジュリアンを憎んだ。それは単に潔癖症というだけでは片づけられない。己れの野望のためなら世間体を気にせず、着実に立身出世の階段を昇ってゆく人間に対する妬みでもあり、嫌悪でもある。近藤は恋愛を手段に使ったり、情欲のままに行動したりすることができない自分の性格をよく知っている。倫理に外れた道を歩くことに躊躇する。それは臆病というのとは少し違うだろう。物事を筋道立てて考えてしまうのである。この歌はジュリアン・ソレルの恋愛を念頭に置いていることは間違いないだろうが、人の生き方という点も含まれている点も無視できない。聖書を読み始めていた近藤にとって、愛するということは相手を悲しませないことだとの思いが形成されていたのであろう。ともかく、近藤の歌には新しさがあった。自己の内面を詠う対象とした。そして、それを表現するのに西洋の事物をモチーフにした。何よりも自分という人間性を表現しようとしたことである。ここにはすでに現代短歌に通じる先進性があった。

第四章　或る楽章

一　建築学のテーマ

そのような時を経つつ大学二年となった近藤は、「防空建築学」という新しい講座を受講することになった。第一次大戦以後、ヨーロッパで開始された空襲に対する防御を講じる授業である。講義には機密が含まれているため、日本国籍者以外の学生の受講は禁止された。そのため中国人留学生は教室に入れず、製図室の片隅にしか居場所がなかった。この時のことを、後年近藤は次のように作品に残している。

支那留学生ひとり帰国し又帰国すふかく思はざりき昭和十二年

中国人留学生の勉学の機会が差別的に奪われ、彼らは日本の大学から去っていったのだった。

この頃、中国では抗日運動が激しくなっていた。留学生の間にも、日本にとどまって学業を続けるべきか、祖国に帰って抗日のために戦うかの議論が交わされていた。そうして多くの留学生が学業半ばで日本を去っていった。無論、それは抗日運動に加わるためであった。近藤は、帰国する留学生たちの苦悩、そして中国の情勢を深く知ろうとはしなかったようである。この時、自分が銃を持って中国大陸に足を踏み入れることになるとは夢想だにできなかった。ところで、そのような排外的な授業に違和感を抱き、戦争を前提にした「防空建築学」の講義を聞くつもりはなかったと言いながら、この田辺教授の講義の印象は深く記憶に残っていたようである。終戦間近の作と思われるが、

美しき高射砲弾に昏れ行けば吾等立ち上がる田辺教授室

と詠っている。

大学での講義も戦時色が濃くなっていくことに危惧を覚えながらも、近藤は自分の学問上のテーマを絞りきれていなかった。そんな時、帝大にいる高校の旧友二人が近藤の下宿で社会科学系の読書会をやろうと誘ってきたのだった。最初はエンゲルスの『空想より科学へ』をテキストにした。その集いを重ねるうちに、建築をテーマに語り合おうという段階まで来た。旧友の一人が、貧民街―スラムこそが自分たちに課せられたテーマだと言い出した。こうして近藤

の建築学の対象はスラムの問題であることが明確となった。当時、東京にはバラック建てや長屋風の住宅が下町方面に多く存在していた。日当たり、衛生、間取り、耐震、耐火などさまざまな面で住環境の劣悪な地域があった。そこに住んでいるのは貧しい労働者たちであった。近藤は、建築の意義を住宅の改善に求めたのであった。

二　スラムの探求

近藤はスラムの問題に建築学の意義を見出すようになった。それは、この問題に熱心に取り組む級友の影響によるものである。その友人は、今までの建築学は宮殿や寺院、劇場、大邸宅など少数の特権階級のために任務を果たしてきた、と建築学の歴史的役割を否定的に評価する。しかし、本当の任務はそうした階級の陰にいる無数の民衆の居住の問題の解決ではないかと、これからの建築学のあるべき姿を近藤に問いかけてきた。近藤もいつしかスラムの住宅問題の研究書を読み出していた。建築を専攻する者として、これこそが自分の学問の果たすべき領域だと思い定めた。

では、当時の日本のスラムの現実はどのようなものであったのだろうか。スラムは明治期の東京からすでに存在していた。大正の中ごろまでの東京の貧民窟といえば、神田の橋本町、芝の新網町、四谷の鮫ヶ橋、下谷の万年町が四大スラムであった。国民新聞の松原岩五郎は、四谷の鮫ヶ橋の光景を『最暗黒の東京』（明治二十六）で描写している。松原はこのルポを書くために、残飯屋の下男になって住みこんだ。近くの士官学校から食べ残しを貰ってきてスラムの住人に売るのである。残飯が無いときは、料理の過程で捨てられた物ですら拾ってくる。飢えた住民は、それらの一度は洗い捨てられた米粒、絞った後の味噌のかすを購入して貪るのである。では、家の造りはどのようになっているのか。泉鏡花の小説に、その様子が描かれている。裏長屋は人を容れる家というよりは、死骸を葬る棺のようだという。土間が無く、天井が無く、障子襖無く、隣とは壁一重にて分かたれ、大戸一枚で道路と隔たっているにすぎない。三畳ないし五、六畳の一室が有るだけである、と。また、松原岩五郎は、「ああ彼らの住居は実に九尺（一尺は三十、三センチ）の板囲いなり、しかして、その周囲は実に眼も当てられぬほど大破に及びたるものにして、その床は低く柱はわずかに覆らんとする屋根を支え、畳は縁を切らして角々藁をばらしたる上に膝を容れて家内数人の団欒をとる」。また、「家は傾斜してほとんど転覆せんとするばかりなるを突っかい棒もてこれを支え、軒は古く朽ちて屋根一面に苔を生やし、庇は腐れてまばらに抜けたところより出入りする人々の襟に土塊の落ちなんか危ぶむほどの家なりし」と書き留めている。また便所について、「卍字あるいは巴字の形に地面を透かして家を建て連ねたるものなれば、人道の中央点に当たって雪隠所を設くるも元より苦情あるべきはずなしといえども、ここに住まいする人々が家に居てこれを眺むるに、正しく南風の薫じ来たらんとする処、日光、月光の恵みを投げんとする処を掩蔽して常に悪臭を放たす」有り様であったと伝える。家の屋根は大正になるとブリキになったが、家屋の構造はほとんど変化が無かったようである。

関東大震災はこれらスラムにも襲い掛かり、その様相を変えた。鮫ヶ橋にはなおいくらかの貧民が住んでいても、万年町と新網町では貧しい人々の影がほとんど断たれていた。そこに居た人々は他へ移動したのである。三河島、日暮里、南千住、西新井、板橋などに貧しい者が集まっていた。とりわけ日暮里には、万年町や千住からの貧民が流れこんで一大スラムが形成されていた。そうしたスラムの中には、日雇いの父親、身を売って男たちから金を稼ぐ母親、屑拾いをする子供たちの家族もあった。

私事であるが、私は日暮里でキャバレーのボーイをしたことがある。その時に、日暮里という土地の特殊性を身に染みて感じた。そのキャバレー店の本社から、内部調査のため本社の用意してくれた偽の履歴書で店長と面接して店に潜り込んだ。「山中」という偽名であった。ドアから出入りする時は、「社員○○入ります」と軍隊式の掛け声を出すことになっている。一か月を過ぎたころ、油断が出たのか「社員今井入ります」と一日に二度も本名を名乗ってしまった。店長はそれを聞き逃さなかった。店長は、便所掃除を終えた私を別室に呼んだ。お前は何故偽名を使っているのかと詰問してきた。その時私は、博多の店に行った同僚が正体がバレて、包丁を持った店長に追いかけられた話を思い出した。そこで、「実は、田舎で犯罪を犯しまして」と咄嗟に嘘をついた。店長はしばらく間をおいて、「このことは黙っていてやるから、明日からも今まで通り来いや」と、私の言ったことを真に受け、温情をかけてくれたのである。犯罪者が地元で働くこともあり、犯罪者のいることが当たり前となっている働き口がある。それが、日暮里という地で営業するキャバレーの世界であることを実感した。渋谷あたりのキャバレーとは明らかな違いがある。私は今でも日暮里に対して、歴史の残滓のようなものを感じている。

ともかく、スラムは住環境だけではなく社会制度、階級制度の問題でもあった。住宅改善だけで解決できる問題ではなかった。こうした課題に取り組む学問として社会政策があった。だが社会政策は、資本家階級と労働者階級の対立の矛盾を緩和するための学問であり、支配階級にとって有益となる政策を追求する性格を有するため、貧困を解決するには限界があった。そのような近藤の心に最も響いたのは、エンゲルスの『住宅問題』であった。『住宅問題』は一八七二年から七三年にかけて執筆された。エンゲルスは次のように言う。今日の住宅問題は「労働者階級が一般に劣悪な、不健康な住宅に住んでいるということではない。この種の住宅難ならば、現代に特有な現象ではない。それは、以前のあらゆる被抑圧階級と区別された近代プロレタリアートに特有な苦難の一つでさえない。……この種の住宅難をなくすには、ただ一つの手段しかない。すなわち、支配階級による労働する階級の搾取と抑圧を全体的に廃止することである」と、革命が必要だとする。エンゲルスは、階級闘争によって労働者階級が社会の主人公になることによってしか、住宅問題は解決されないと説く。さらに、住宅問題の本質について、「住宅難は、今日の資本主義的生産様式から生まれてくる無数の、比較的にいって小さな、第二次的な害悪の一つである」として、第一義的に資本・賃労働関係の廃棄こそが最も重視されるべきであるとする。

こうして大学の三年となり、近藤は卒業論文を考えねばならない時期に来た。テーマを「不良住宅改良計画論」とし、指導教官を新進気鋭の谷口吉郎助教授に選んだ。だが、意匠学が専門の谷口助教授はこのころ前衛的な側面が失われ、古典的な様式へと移っていた。それでも、近藤の卒論のテーマを見て一抹の不安を感じたのか、表現に気を付けるようにと温かい配慮を示してくれた。この頃から一段と近藤のスラム研究は熱が入っていった。ただ、建築学科の学生でスラムの研究をテーマにすることは異質であった。ある教授はスラムを、構造物の床版であるスラブと聞き間違えたほどだった。

当時の日本では、スラム問題を担当するのは内務省の社会局であった。内務省は警察を管轄する省庁であり、このことからもスラムが治安問題として捉えられていたことが分かる。近藤と友人は、その内務省へも足を延ばして資料などを集めようとした。そんな或る日、新聞部の部室で気心の通じた部員に卒論のテーマを漏らした時、下町で育ったその部員は激しい口調で近藤に問い返してきた。君はスラムを知っているのか、と。近藤はその時、自分がスラムの生活実態を何も知らない部外者であることに気づかされた。「貧しい人を救ってあげよう」などという上から見下げる自分を恥ずかしく思った。このことは近藤のスラム研究において、第三者的な外部の視線だけではいけないという自覚をもたせることになったと思われる。

三　日中戦争

近藤の学生生活も最後の夏休みを迎えようとしていた。そんな昭和十二年の夏の七月七日、北京郊外で盧溝橋事件が起こった。日中戦争の始まりである。事件は、北京西郊六キロの盧溝橋で演習していた日本の駐屯軍の一部隊が、中国軍陣地に向け誤って軽機関銃を発射したことが発端である。その時、中国側から銃声が聞こえた。日本のその駐屯軍は一木清直大隊の第一中隊で、中隊長は清水節郎大尉であった。秋田の歩兵第一七連隊で編成された部隊である。中隊が点呼をとると、初年兵一名が行方不明であった。中国兵から射撃され兵一名が不明であることが、伝令によって一木大隊長そして支那駐屯軍歩兵第一連隊長の牟田口廉也大佐に伝えられた。発砲騒ぎはそれまでも時々起こっており、しかも初年兵は用便中とか道に迷っていたとか云われており、二十分後には無事部隊に帰りついていた。ところが、牟田口連隊長は、「敵に撃たれたら撃て」と攻撃命令を出したのである。こうして翌日、日本軍は戦争の口火を切ったのである。九日午前、近衛内閣の臨時閣議が開かれ、続いて開かれた四相会議でも不拡大方針がとられたが、中国側が無反省ならば適宜の措置をとることを申し合わせた。七月十一日には現地で停戦協定が成立したが、近衛内閣は華北への派兵を決定し戦争拡大へと突き進んだ。

国内では新聞も民衆も中国を懲らしめるための戦争だという論調に染まり、雑誌も国民の戦意を高揚させるため歌人にも作品を求めてきた。とりわけ斎藤茂吉には中央公論や文藝春秋から依頼が殺到した。茂吉歌集『寒雲』所収の「時事歌抄」は文藝春秋からの依頼である。

おびただしき軍馬上陸のさまを見て私の熱き涙せきあへず

九月二十六日、ニュース映画を見て作った連作中の歌である。同夜より翌日にかけて作った。この歌は、輸送船から軍馬を一頭ずつ起重機で空中高く吊上げて揚陸する光景である。上海派遣軍の総兵力は十数万であったから、これらの軍馬は相当の数であったろう。事件直後のこのような光景を近藤は釜山で見ている。「クレーンに吊られた馬は悲しげにいななき、虚空に細い四肢を頼りなくあがかせた」と記している。馬でさえ機械に吊上げられ戦争に供される情景に、茂吉のみならず観客は感涙したことであろう。近藤は後年、このニュース映画は映画監督亀井文夫の作品『上海（シャンハイ）』ではないかと言っていたが、『上海』は一九三八年の作と言われている。また、『上海』は戦勝ではなく戦禍を編集して物議を醸している。亀井は一九二八年（昭和三年）レニングラード映画学校留学後、一九三三年東宝の前身ＰＣＬに入社し当時二十九歳。翌一九三九年には『戦ふ兵隊』で戦争の困苦に肉迫して、軍部から上映禁止処分を受けている。亀井の撮影手法からして、日本軍の戦いの様子を国民に感動させるような映像ではなかったであろう。そうした経緯からして、茂吉の見たニュース映画は亀井監督の作品ではなかったろう。とにかく、この茂吉の歌が雑誌に載った時、多くの国民が茂吉の心情に共感したに違いない。

また、十月一日のニュース映画を見て、「保定陥落直後」を「アララギ」十一月号に発表している。この連作の中の次のような作品が『寒雲』に収められている。

かたまりて兵立つうしろを幾つかの屍運ぶがおぼろに過ぎつ

天津から黄河方面に進撃する日本軍の戦闘の中での一場面である。戦争のニュース映画は戦果を華々しく流して、軍の活躍をアピールするところに狙いがある。しかし、茂吉は勇ましく集結している自国の軍隊の背後にあった一瞬を見逃さなかった。運ばれてゆく死体は紛れもなく日本兵のものである。相手陣地を陥落させる戦闘で、死んでゆく日本兵が出るのも現実である。その負の部分を映像は隠すことができなかった。そのわずかな隙を茂吉は捉えたのである。このように、茂吉にはこの頃馬や死体に眼を向ける歌人としての客観性と把握力があった。

四　中村年子との出会い

日本がそのように戦時色の濃くなってゆく頃、近藤は夏休みを京城の両親の家で過ごすため東京を発った。上陸した釜山から京城へ向かう途中、行き違う列車には華北の事変の初めての遺骨が載せられていた。帰省してから数日後、土屋文明一行が京城に来た。朝鮮のアララギ会員のため、金剛山で歌会が開かれることになっていた。東京からは土屋文明の他に、長男の夏実少年、五味保義、そして死んだ中村憲吉の家の婿養子となった国学院大生の入沢孝がやって来た。迎えたのは近藤ら京城のアララギ会員八名であった。その時、先輩格の会員である大塚教授が一人の女学生を伴っていた。白いセーラー服を着た、短歌を始めて間もない、新しい京城の会員であった。その少女は、中村年子という名であった。近藤は初めて会ったその少女が、丸顔の頬に初々しい笑窪を浮かべていたと記憶している。明るく清潔な印象が鮮やかに残った。一行は京元線に乗って、朝鮮半島中部の日本海に面した外金剛駅に向かった。そして歌会の会場にあてられた神渓寺に到着した。こうして翌日から三日間にわたる宿泊歌会が始まったのである。

一日目は、大塚九二生教授の司会によって進められた。自己紹介ののち、各自が提出しておいた作品の相互批評が行われた。京城の会員はまだ歌会に慣れていないため、いきおい近藤の発言が多くなった。五味保義、入沢孝、近藤がさかんに意見を述べて午前中に歌会は終わった。二日目は、文明から正岡子規についての講話があった。短歌に行き詰った時は、子規の作品に戻れという示唆であった。午後は、翌日の歌会に出す作品のための吟行に出かけた。場所は万物相といった。帰って来た宿坊で、近藤は文明に自分はこのままでは自然主義になってしまうのではないかという不安を口にした。文明は、それを自覚しているだけで大丈夫だと答えるのみであった。三日目は、五味保義の万葉集についての講話があった。続いて前日の吟行の歌の相互批評が行われた。中村年子は次のような作品を提出していた。

岩山の頂に摘みし草もちてななかまど咲く道を帰りぬ

初々しい写実の歌である。山頂で摘んだ草を手にしながら、ななかまどの白い小花の中を帰りゆく少女の姿が浮かんでくる。初心者にありがちな冗長なフレーズが省かれていて簡潔である。情景のエッセンスを把握している。難を言えば、ななかまどをもっと強調する構成にすれば情感がより表出されたであろう。しかし、しっかりと物の描写がなされている。

こうして歌会は終わり、残りの二日間で金剛山の一帯をめぐることになっていた。その金剛山の登山の中で、近藤は中村年子と二人だけの時間を持つのだった。

五　たちまちに君の姿を

金剛山での三日間にわたる宿泊歌会が終わった後、文明一行は金剛山の毘盧峰に登ることになった。そのために日本海に面する海金剛に出て、遊覧船に乗ったりして小島の間を周遊した。その日は、外金剛の温井里という部落にある日本旅館に投宿した。その間、会員の何人かはその夜の汽車で京城へ帰っていた。翌日は一日中激しい雨のため、近藤たちは宿に足止めを食った。雨が上がった翌日は、朝から陽光の眩しい天気であった。毘盧峰へ登る山道の先頭には夏実少年がいた。木立に見える動植物に驚きを発する夏実少年の大きな声が林にこだました。木々の枝の葉から滴る雫が朝の陽にきらめいていた。文明は登り進むにつれ疲れのため息が荒くなり、歩みが遅くなった。文明のすぐ後ろをセーラー服姿の中村年子が小鹿のようにつき従っていた。しんがりを務めたのは学生服姿の、リュックを背負った近藤であった。近藤はカメラを首からかけて胸の前に垂らしていた。渓流に沿ったなだらかな道が続いたかと思うと、急に険しい岩を踏み越えねばならなかった。木漏れ日の射す緑の木々の間を、あとからあとから縞栗鼠が顔を出した。峡から見える青い空には、白い雲が流れていた。山が高くなるにつれ、珍しい高山植物の花々が咲き続いていた。文明がそれらの花を手に取っているのを見て、中村年子は文明に花の名を尋ね、手帳に書き記していった。年子の右手には手帳があり、左手には図鑑と山草の束が抱きかかえられていた。中村年子、その時十九歳。八人兄弟の四女として生まれた年子は、父が京城帝国大学予科の教授となったため、十七歳で女学校を卒業と同時に名古屋から京城に移り住んだ。次いで清和女塾、啓星女学院に学んだ。この頃は啓星女学院の学生であった。この十九歳の時に、父親の同僚の縁でアララギを知る。

一行は毘盧峰の見えるヒュッテに泊まった。山頂から二百メートル下った所である。その晩夏実少年が激しい腹痛を訴え、ほかに数人も苦しみ出した。翌朝、元気な者だけが日の出を見るために山頂に登った。近藤は山頂から、日本海に昇る朝日を見ることができた。ヒュッテに戻ると、ほとんどの者がまだ眠っていた。山頂に登った者も冷気と疲れから再び部屋に戻っていた。近藤は一人でバルコンに出た。誰もいないと思っていたが、霧の立ち込めるバルコンに中村年子が朝の身支度を済ませて、ひとりベンチに座っていた。背後から気付かれないように、しばらく少女を見つめていた。少女はふと近藤に気付き、すぐ笑顔で語りかけてきた。二人は宿泊歌会の事を語り合った。そして、「どのような時に歌を作るのですか」と近藤に尋ねたりした。二人はしばらく黙って、アンテナ線に垂れる水滴が朝日にきらめくのを見守っていた。そこへ起き出した者たちがやって来て、二人だけの時間は途切れた。夏実少年のために、近藤らは文明とともにもう一日ヒュッテに残ることになった。中村年子たちは下山することになった。その時の事を『青春の碑』は次のように記す。

「頂上の平らな岩の上に立ち、私は彼らにむかって手を振りつづけた。しだいに小さくなっていく一行の最後に、しきりに振り返っては答える少女の姿がいつまでも見えていた。岩崖に白い霧が沸き立ち、やがて彼らの姿を覆い包んだ。霧の中に消えた少女のため、ひとりなお私は手を振って佇っていた」。

たちまちに君の姿を霧とざし或る楽章をわれは思ひき

近藤の恋の歌である。甘美な感情が自分の胸の中に沸き起こっていた。少女の可憐さと純粋さ。また、山野草に対する彼女の興趣。短歌上達への一途な思い。少し孤独を好むかのように時おり見せる寂しげな横顔。そのどれもが近藤を惹きつけてやまなかった。短歌という器にひたむきに取り組む共通の思いが二人を結びつけたことは間違いない。それにしてもこの時、中村年子はどれくらい近藤の熱い思いを感じ取っていたであろうか。二人きりの会話のときの近藤のぎごちなさから、近藤の自分に対する思いが好意以上のものであることに気付いたであろう。そして、年子にも誠実で知的な学究肌の近藤に対して、慕情の灯がともったことであろう。それは言うまでもなく近藤が作った初めての相聞歌である。眼前を遠ざかっていく愛しい君の姿を、白い霧が隠してしまう。突然流れてきた霧が、か弱い者をさらってしまうかのようだ。その時、私はあるクラシックの楽章を思い浮かべた。そういう分かりやすい歌である。知的な抒情に富んだ、清新な西洋風の恋の歌である。女性の姿を霧が隠してしまうという構図が、抒情性の要素になっている。また、「或る楽章」が自然にクラシック曲を連想させて西洋の詩情が醸し出される。このような相聞歌は、それまでの歌壇には見当たらなかったと言ってよい。まさに新しい時代の予兆とも言える作品である。初出は一年後の、一九三八年のアララギ九月号であるが、一九四七年出版の『早春歌』に収められた。

六　「或る楽章」とは

近藤のこの作品を読んだ戦後の青年たちは、すでにこのような気品と異国情緒の豊かな作品が生み出されていたことに目を見張った。そして、自分の愛する人への思いを、知的で脱俗的な澄明な世界として描くことを夢見た。多くの若い読者が、自分の愛はこのように濁りの無い眼差しで見つめることのできる相手と結ばれること、そしてそれを至上の喜びとできることを願ったに違いない。だがその反面、願いが成就できなかった青年にとっては、自己完結できない不全感を生じさせる酷い作用もあったであろう。ところで、「或る楽章」が誰の何という曲かがこれまでに論議され解釈されてきた。小高賢は「モーツァルトなのだろうか。それともパセティックなブラームスなのであろうか」と受け取っている。「パセティック」というのは、ブラームスの師事する作曲家シューマンの妻で、十四歳年上のクララ・シューマンとの恋愛を指す。しかしシューマン没後も、シューマンへの尊敬の念から結婚することはなかった。その自身への戒めをも含んだゆえに激しい葛藤の思いを近藤に重ねたのであろうか。また、きさらぎあいこは、「或る楽章の曲は何ですか」との中学生の質問に対する近藤自身の言葉を紹介している。「何でも自分の好きな音楽を思い浮かべれば良いんだよ」と答えたという。きさらぎの指摘するように、「ここに具体的な曲名や作曲者名が入ると、その印象が強くなり、上句の詩情の妨げ」になるからであろう。しかし、近藤には、その時明確に具体的な楽曲が思い浮かんでいた筈である。それを明示しないのは、様々な境遇の下で愛し合う者たちに、この作品が広く受容されて欲しいと思ったからであろう。余談であるが、近藤はこの登山の時に中村年子のセーラー服姿をカメラで写している。ファインダー越しに近藤は何を思ったであろう。私が平成二年ころ向山の近藤邸を尋ねた時、書斎の机の上に年子夫人のセーラー服姿の写真が立ててあった。そして、その写真は高齢者マンションに移ったのちも机上に飾られていた。それほど近藤にとってメモリアルな写真なのであった。その一年後、中村年子は中村秋霞のペンネームで「アララギ」八月号に次のような歌を発表している。

暇ありて今宵出で来つ立ちながら本見てゐしに又も逢ひにき
或時ははげしき物言をする人が黙し座りてゐるは愛しき

その一か月後の九月号に近藤の作品が載った。近藤は一年間作品をあたためていたのである。

七　社会詠の誕生

近藤は東京へ帰った。そして卒業論文の仕上げを急いだ。友人の浜野もスラム問題に熱心に取り組んでいた。しかし、浜野の論調が変わってきていた。スラム問題の解決には強力な政治権力を必要とするというのだった。浜野は内務省の社会局に就職が内定していた。ある夜、浜野はスラム研究の小さな会合に近藤を連れ出した。その場での浜野の熱弁に、「それは違う」と静かに言葉を挟んだ一人の学生がいた。丹下健三という、浜野と同級の帝大の建築科の学生だった。会が果てて街に出たその日は十二月十三日。街は日本軍の南京入城に沸き立っていた。人々は南京陥落後の日本軍の略奪、暴行や捕虜虐殺の事を知る由もなかった。国民政府の首都南京は陥落したが、国民政府は南京から漢口、さらに奥地の重慶に退いて抗戦を続けたので、日中戦争は長期化、泥沼化してゆく。国民は軍部の流す戦果をそのまま信じた。

そんな人々の渦の中を、近藤はどこか遠くへ逃げていってしまいたい気持ちになっていた。国民は戦争に熱狂していた。自分が醒めていればいるほど、この国から逃れたい気分になった。ここに留まれば、若い自分に待っているのは、徴兵として大陸に戦争をしに行くことである。そんな近藤にとって、今を生きる意味を見出しうる場所はアララギ発行所であった。月の初めの歌評会、アララギの校正係の仕事、第四日曜日の文明との面会日、と月に数度発行所に通っていた。そこには、小暮政次や樋口賢治、相沢正らの仲間が仕事帰りに集まっていた。そんなある日の日曜日、近藤は文明の面会日に作品を持参した。文明がその歌稿を綴じようとした時、作品に目が止まった。次の作品である。

国論の統制されて行くさまが水際立てりと語り合ふのみ

当時、政府は戦争を遂行する上で障害となる言論思想の取り締まりを強化した。この一九三七年五月に成立した近衛内閣は、華北派兵後に上海への派兵を決定し、戦争の全面化に踏み切った。そして八月十四日の閣議で国民的思想動員運動を起こすことを決定した。さらに九月十一日には国民精神総動員大演説会を日比谷公会堂で開き、近衛首相以下が演壇に立ち、ラジオで全国に放送した。国民を戦争に駆り立てる大義名分を持たない政府は、思想による動員を政府の政策として行わなければならなかったのである。演壇には、運動の目標である「挙国一致」「尽忠報国」「堅忍持久」の垂れ幕が掲げられていた。南京陥落を祝う行事も、この運動の一環として全国的に繰り広げられた。東京市では庁舎屋上に「祝南京陥落」のアドバルーンを掲げ、午後一時からは小学校児童による旗行列、午後六時からは中学校生徒、青年学校生徒、在郷軍人会会員などによる提灯行列を行わせた。

統制は思想だけでなく新聞にも及んだ。一九〇九年に制定された新聞紙法二七条の「陸軍大臣、海軍大臣、外務大臣は新聞紙に対し命令を以て軍事もしくは外交に関する事項の掲載を禁止し又は制限することを得」を、命令によって拡大した。こうして、記事に対する統制が厳しく実施され、新聞はすべて戦争協力の記事で埋め尽くされた。わずかに知識人を読者とする『中央公論』『改造』が、間接的な表現で戦争への疑問を有する論文を載せようとした。東京帝大経済学部教授の矢内原忠雄が『中央公論』に載せようとした「国家の理想」が、全文削除を命じられた。国家の理想は正義と平和であるとし、他国の主権を侵す侵略戦争を暗に批判したものであったが、それさえ許されなかった。

　社会主義運動に対しては、依然として治安維持法が猛威を奮っていたが、一九三六年に思想犯保護観察法が成立した。罪状の軽い転向者（共産主義思想を捨てた者）のみならず、罪状の比較的重い非転向者（共産主義思想を捨てない者）も保護観察の対象とされることになった。そのために保護観察所という専門の国家機関が置かれた。保護観察（監視）に付される者は、居住、交友、通信の制限や条件を遵守することを命ぜられ、保護司はまさにプライバシーや行動の自由を侵害することを職務とした。

　近藤の掲出歌は、このような国内の状況を踏まえている。まさに国論の統制の網が水も漏らさぬほど、国中に張りめぐらされていたのである。しかし、このことをあからさまに指摘することは、政府の政策に対する批判となる。統制を束縛だと抗う者の立場である。このような視点で国の政治を詠うことは、「国体を否定する」者との嫌疑さえ受けかねない危険な表現行為である。だが、そうした重苦しい状況に挑むかのように、あえて近藤は詠った。さらに、この作品の歌柄を見たとき、従来の写実から大きく踏み出していることに気付かされる。目の前の事象を描写するのではない。自己の思想や観念といったものである。そしてその対象は国家の政治に向かっている。ここに既存の短歌に見られない新しさがある。新たな社会詠の誕生である。思想詠の萌芽と言ってもよいだろう。

　この作品を読んだ土屋文明は思わず「こんな歌を作っていると、いまに君は縛り首になるぞ」と冗談めいた言葉を発した。近藤は文明の言葉を半ば冗談と知りつつ、半ば本気だと改めて思った。一瞬恐怖を覚えながらも、自分にとってこれは詠わなければならない事なのだという感情が体中に流れていくのだった。文明に提出した歌稿には、次の作品もあった。

軍歌集かこみて歌ひ居るそばを大学の転落かと呟きて過ぎにし一人

随分と破調の歌であるが、当時の大学生の様子が目に浮かんでくる。キャンパスでは学生たちが輪になって軍歌を歌っているのである。軍歌は言うまでもなく、戦意を高揚させるために歌われる。それを兵隊のように、学問に専念すべき学生たちが高唱しているのである。それを見て、「大学の転落だ」と嘆いた人は心ある人だったろう。そして、その呟いた人に同感する近藤の心が見えてくる。

近藤の歌を跡付けるように、一九三七年十二月十五日には日本無産党や日本労働組合全国評議会（全評）の活動家など四七〇人余が検挙され、二十二日には結社禁止となった。この一斉検挙はコミンテルンの指令のもとに人民戦線を結成する策動を行ったというのが口実であり、第一次人民戦線事件と呼ばれている。無産党や全評の幹部である加藤勘十、鈴木茂三郎らのほか、山川均、荒畑寒村、大森義太郎、向坂逸郎、猪俣津南雄など労農派の学者・文化人もこの時に検挙された。たしかに労農派の多くはマルクス・レーニン主義を信奉しているであろうが、事件を仕組んだ内務省警保局は、マルクス・レーニン主義即コミンテルンと見做した。そして、労農派グループは、すでに壊滅した日本共産党に代わってコミンテルンの指令を受け、活動していたとデッチ上げたのである。内務省警保局は日中戦争開始頃から検挙の計画を練り、東京帝大経済学部の助教授を協力者として内務省の嘱託にさせ、警保局長の顧問のような役割を演じさせていた。そして、大学教授に対する内偵は、それより早い時期から始まっていたのである。翌一九三八年二月一日には大内兵衛、美濃部亮吉などの教授グループがコミンテルンに関係ありとして検挙された。第二次人民戦線事件である。こうして、共産主義を撲滅したあとは、社会民主主義が弾圧の目標となったのである。

八　卒業そして就職

大学卒業の日が迫っていた。その前に就職を決めなければならなかった。学友たちの多くは採用が決まり始めていた。だが、近藤は焦ってはいなかった。学年末を迎える頃の就職活動の様子を近藤は次のように詠っている。

張り出さるる採用申込みにはや友ら牽制し合ふ如く物言ふ
明るき店に無花果をしばし選りぬ帰ればなほ履歴書を書かねばならぬ

年稚き受験者おとなしく居るに交り吾はつづけて煙草を吸ひぬ

送りかへされ来し履歴書の皺つきしに鏝あてて又封筒に入る

就職に必死になっている学友たちを、他人事のように冷静に見つめている。果物屋で無花果をじっくり選ぶのを楽しんでいる。下宿に帰って履歴書を書くのが面倒くさそうでもある。採用試験の合間の休憩時間に、立て続けに煙草を吸うところなどは開き直りとしか言いようがない。最後の歌は、一度使った履歴書を再度使おうとしていていかにも安易である。就職活動に身が入らない近藤の姿が見えるようである。会社訪問したけれどもなかなか決まらなかった。書類審査で落とされた会社もあった。

そんな時、主任教授から東満州と朝鮮北部の国境を流れる豆満江の上流にある鉱山の建設工事を請け負っている会社を紹介された。教授からその話を聞いた時、近藤はそこで働いてみようと決心した。何日か後に、教授の紹介状を携えてその工事を請け負っている会社へ面接に行った。和服を着た老人の社長は、近藤と紹介状を見較べていたが、明らかに近藤が意に沿わない人物であることが感じられた。社長は、冬は氷雪地帯となる厳しい環境にも耐えうる頑健な体格の学生を望んでいたのであろう。眼鏡を掛けた細身の学生にはとても務まらないと思ったようである。面接の最後に社長は、「心配しないで、卒業まで一生懸命勉強しなさい」と言った。近藤は屈辱感を抱きながら帰っていった。

その会社からは何日たっても採用不採用の通知が来なかった。心配した主任教授が別な会社を紹介してくれた。大きな会社であった。近藤は入社試験のあとの面接のときに、満州かどこかの工事現場で働きたいと申し出ていた。そしてその会社から採用通知が届いた。その会社は清水組であった。清水組は歴史の古い会社である。一八〇四年（文化元年）に越中富山の大工であった初代清水喜助が、江戸の神田鍛冶町で創業した。二代喜助は一八六八年（慶応四年）日本初の本格的洋風ホテル「築地ホテル館」を設計施工している。一八八四年（明治十七年）には、現在の江東区木場に木材切組場を設置している。一八八七年（明治二十年）には、西洋建築の製図設計ができる人材養成を狙いとして製図場を設置した。こうして一九三七年（昭和十二年）には、株式会社清水組が設立されて、組織の大きな会社となった。戦後の一九四八年（昭和二十三年）には、清水建設株式会社に社名が変更されている。その後の発展は我々のよく知るところである。一九五九年（昭和三十四年）には、コルビュジェの設計した国立西洋美術館本館の施工を手掛けている。一九六四年（昭和三十九年）開催の東京オリンピックに際しては、国立代々木競技場の独特な外観の吊り屋根構造を手掛けている。このように、近藤の内定した清水組は当時急速に事業を展開していた、成長目覚ましい会社であった。就職先としては安定した会社と言えよう。戦争の拡大していった当時、軍事産業に関わりのない建築科の学生に対する求人は減っており、不動産会社に就職する者もいた。そういう意味で近藤の就職は上出来だったと言える。

こうして一九三八年（昭和十三年）三月、近藤は東京工業大学を卒業した。このころの歌に次のような作品がある。

荷造りをすませる部屋に坐り居てとれしボタンをいくつか縫ひぬ
たのむなき往き来なれども意識して胸はり歩む時折があり
夕されば広場よぎりて帰る人ら同じ歩調をしてあゆみ行く
無表情に吾が尺取り居し洋服師がある欄にすばやく猫背と書きとめぬ

就職も決まり後は卒業を待つだけになって、下宿も引き払う段になった。街を歩くにも自分は大学を出る人間なのだという矜持が湧いてくる。自分も勤め人になると思うと、家路を急ぐ人らの中に自分も入ってゆくのだという感慨が湧く。そして就職のために背広を新調しに行った。その時、長身の身は採寸の時に猫背と書かれたのだった。

ところで近藤はなぜ東京、いや日本から遠く離れた辺境の地を就職の場としようとしたのだろうか。それは中村年子への想いを断ち切るためであった。近藤はいつかは徴兵されて戦争へ行かなければならない身である。もしその前に結婚すれば、伴侶は未亡人となることもあるのだ。心の中にある一人の少女を不幸にしてはならないという、身を切るような強い断念があったからである。だから、中村年子の事を忘れることのできる遠い場所へ行ってしまいたかったのである。私は学生の頃、同じ大学の友人を実家に泊めたことがある。その夜、学友の美しい母君のことに話が及んだ時、相手が出征前の男性であるにも拘わらず結婚したという。「えっ。何で」と私が疑問を呈した時、父が「それは家を存続させるためなんだよ」と静かに言ったことを思い出す。当時の日本では、家を守ることは子孫を作ることであった。学友の父は長男であった。彼の父は無事戦地から帰還したけれども、帰還できずに妻子を不幸な境遇に遇わせた例も多々あったのである。戦争のさ中にあった当時の青年たちには、誠実であろうとすればするほど様々な苦悩があった。そういう思いを抱えながら四月に清水組に入社した近藤は、社員講習を受けた。十日間の講習の最後の日、それぞれが重役室に呼ばれた。新しい職務と赴任地が言い渡されるのである。近藤の赴任地は朝鮮の京城支店だった。近藤は狼狽した。そこには中村年子がいるではないか。近藤は必死に任地を変えて欲しいと懇願したが、聞き入れてもらえなかった。出発までには数日しかなかった。下宿を引き払うために部屋を整理しなければならなかった。卒業論文を書くために苦心して集めたスラムに関する文献も捨てなければならなかった。卒業論文は、谷口吉郎助教授に提出した「不良住宅地区改良計画論」であった。そうした資料なども捨てざるを得なかった。

四月のアララギの歌評会があり、発行所の小部屋で土屋文明が小さな送別会を開いてくれた。その会のあと、小暮政次と樋口賢治が近藤をビアホールに誘い出した。ほろ酔いになった小暮政次が「これから近藤君を吉原に連れていってやろう」とニヤニヤしながら近藤をタクシーに乗せた。そして本当に吉原の遊郭街に連れて来たのである。深夜に灯る軒ごとのまばゆいほどの電飾の世界に、近藤は立ちすくんだ。「あれが角海老だよ」と小暮が指さしたその一軒はひときわ明るく眩しかった。「角海老」は、明治時代に建てられた時計台付きの木造三階建ての大楼が起源である。歴代の総理大臣も遊びに来るような格式のある店であった。呆然としている近藤を見て、小暮は「何だ。角海老も知らないのか」と馬鹿にしたように言った。だが、二人が連れていったのは、その近くの露地のありふれた小料理屋であった。三人は大いに飲み、いつの間にか空がしらみ始めていた。その翌日、近藤は京城に赴任するため東京を発った。

Ⅲ 戦争

第一章　恋　愛

一　初めての工事監督の仕事

一九三八年（昭和十三年）四月、近藤の社会人としての生活が始まった。清水組の現場技師として京城の街はずれの麻浦という地区で、被服工場の建築工事を担当することになった。三千坪の煉瓦造りの建物を造成することになっていた。そこの現場小舎に出入りする大工や土工を相手にする工事監督が近藤の役職であった。朝鮮人労働者たちは黙々と土を掘り、汗とニンニクの匂いを放っていた。彼らは日雇いであるため、仕事が終わってその日の賃金を受け取ると部落の方向へ帰っていった。彼らが帰ったあと現場小舎に戻り、怠けがちな労働者を厳しく叱咤していた自分の姿に少なからず違和感を覚えることがあった。そして、汚れた作業服のまま電車に乗り京城の市街へと帰った。彼の住まいは、初めの一か月ほどは支店の屋根裏の部屋であったが、すでにそこを引き揚げ基督教青年会のアパートの一室に移っていた。その部屋は机とベッドだけの簡素な三階の一室であった。その机の上に、金剛山の歌会で彼自身が写したセーラー服姿の中村年子の写真を飾った。馴れない仕事に疲れて帰ったあとに見つめるこの写真だけが、近藤にとっての唯一の慰めであった。彼女の事を忘れるために自ら求めた孤独な生活であったが、やはり忘れることはできなかった。

そんな彼にとって、月に一度の京城アララギ歌会は大きな喜びであった。幹事役の大塚教授を中心にいつも七、八人の、少し寂しい感じのする歌会であった。そこには必ず中村年子も出席していた。会場は、その年子が卒業した清和女塾という私立学校の作法室であった。このころ年子はこの学校の手芸の授業の助手をしていた。その年子の口利きによって借りることができたのである。年配の会員たちの中で、若手は近藤と年子の二人であった。近藤の批評はいつも激しかった。それは東京にいる仲間たちから取り残されているという焦りから来るものであった。他方、年子は会員たちの批評を一人静かに、そして丁寧に手帳に書き留めていた。朝鮮服を着ていた彼女は長い髪を背に垂れ、白絹の上衣に藤色の裳裾を巻いていて、急に大人びて見えた。「アララギ」のその号には、近藤の次の歌があった。

見送りの中悪びれず君ありき妹と並びて小さかりける
風邪気味に顔ほてらせてありし夜に始《はじめ》て人の美しかりし

金剛山歌会の後の歌である。東京へ発つ近藤を見送っている人の中の「君」。風邪のため少し熱っぽい夜に初めて美しいと思った「人」。明らかに、近藤にとって愛しい存在であると作品は告げている。この近藤の作品が批評されている間、年子はその作品の中の「君」「人」が自分の事であるとはっきりと読み当てた筈である。気の弱い近藤は、この作品が彼女にどう読まれるか怖れていた。自分に好意を持っていないとしたら、自分の思いが邪なものと受け取られるからである。だが、年子は表情を変えずに淡々と周囲の批評を会誌の余白に書き留めていくだけであった。

二　竜岩浦の現場へ

そんな風に心の高鳴る歌会は過ぎていった。いつの間にか秋が来ていた。徴兵検査を受けるために父の郷里の広島に帰った。検査の結果は第二乙であった。第二乙補充兵として召集令が来ることを覚悟しなければならなかった。改めて、歌会の少女への思いは断ち切らねばならないと思った。冬の来る前に麻浦の現場の仕事は終わった。支店に引き上げた近藤は、設計図を引いたり、工事の見積もりをして冬を過ごした。結氷期が過ぎた頃、近藤は鴨緑江河口の竜岩浦という新しい精錬所の工事現場の仕事を志望した。そのような満州との国境にある遠い場所を選んだのは、中村年子から離れなければならないと思ったからである。工事現場に発つため、アパートの部屋で荷造りを始めた。学生の日に買い集めた本は箱に詰め、会社の倉庫に預けた。そして、最初の給料で買ったシューベルトの「冬の旅」のアルバムと手捲きの蓄音機だけを持っていくことにした。すでに暮れた街に出ると、連翹の花の匂いがした。この地の春を告げる花であった。ここでは、春が訪れるといっせいに連翹が乱れ咲くのである。荷造りを済ませた後の或る日、一人の中年夫人が近藤を訪ねて来た。その人は年子の卒業した清和女塾の経営者である津田夫人であった。初対面の津田夫人は、近藤に「あなたは中村年子さんを愛しているのではないですか。もしそうならお世話をさせていただきたい」と切り出したのだった。津田夫人は女塾の経営者であると同時に教育者でもあった。学校の手芸の授業を手伝っている年子は、そういう意味で職場の年若い同僚でもあった。津田夫人は、年子の近藤への思いを聞いていたのだった。近藤は、あまりにも突然の思いがけない人の好意に涙が湧いてきた。そして津田夫人にすべてを委ねたのだった。近藤は中村年子の事を話すため、平壌の両親に会いに行った。だが、母親は反対した。年子の家族の中に病人がいるというのが反対の理由であった。もう竜岩浦へ発つ日は迫っていた。竜岩浦に発つ前夜、津田夫人が年子の手紙を届けてくれた。そこには、「愛情を信じ、すべてを先生にお任せしています」と書き記されていた。近藤はこの手紙を読んで、自分の結ばれる人はこの人をおいてはないと思ったことだろう。

こうして、一九三九年（昭和十四年）四月、京城を発って竜岩浦へ向かった。大陸急行に乗り新義州で下車し、そこからバスで鴨緑江の河口に向って二十キロ南下するのである。途中一泊して、翌日バスは竜岩浦に着いた。その竜岩浦は日露戦争前はロシアが建設した町であったが、今は廃墟のようになっていた。迎えてくれたのは小室という老人の事務社員であった。工事主任の井上は行き違いに京城の支店に出向いていた。社員は竜名館という旅館を宿舎としていた。飯場や現場事務所はまだ出来ていなかった。翌朝、工事現場を下見に行った。町を外れると冬田と沼沢地が開け、その先に丘陵が岬のように続いていた。そのひとつの丘陵を段状に切り崩し、沼沢を埋め、整地することから始めなければならなかった。丘では何人かの人夫が鶴嘴をふるっていた。試験掘りである。深さ一メートルに達した時、地中は固い霜柱となっていた。もう少し暖かくなり、氷がとけるのを待たねばならなかった。土地の土工の親方である葉山という老人が、山一面に翁草が咲く頃でなければ仕事にならないと語りかけてきた。その葉山老人が、対岸の満州から密入国してくる一群の苦力を集めてきた。苦力たちは、凍っている丘陵を切り崩し始めた。それから間もなく京城に行っていた井上主任が帰り、浅野という東北出身の若い現場社員が加わった。こうして竜岩浦での精錬所の建設工事がスタートしたのである。そんな或る日、津田夫人から手紙が届いた。あきらめてはならないという励ましの言葉と、青いインクの文字の少女の愛情の便りが入っていた。春の息吹きが近藤の心の中にも訪れようとしていた。

三　労働者たちの現場監督として

竜岩浦の現場に清水組の事務所が出来た。社員は四名である。井上主任が工事の総責任者であり、近藤は設計のための製図や測量そして現場の監督を担当した。小室老人は庶務すべてをこなし、資材の手配、労務者の出面調べ、土地の警察への届け出、さらには料理屋の支払いまで受け持った。最年少の現場員の浅野は、社宅の大工工事の監督が任務であったが、粗暴な性格のため大工や土工らといつも言い争っていた。近藤はそんなスタッフの一員として工事のための製図をしているとき、知らないうちに大学生活を思い出していた。自分の望んでいた孤独な生活とは、このような毎日を言うのだろうかと自問していた。近藤の仕事は力仕事ではなかった。誰が見ても肉体労働には向いていなかった。頑強な体であったら兵役検査も甲種で合格していたであろう。或る時は転鏡儀（トランシット）を肩にして工事場の丘陵に登り測量を進めた。その助手に二人の朝鮮人の少年がいた。いとこ同士の二人は近藤に素直に従い、標尺をかかえて近藤の指示を仰いでいた。近藤は自分になついているこの二人の少年と測量している時だけは、緊張が解け楽しくもあった。ところで、近藤たち社員の宿舎は詰所から丘ひとつ隔てた草原の中にあった。彼らは夜になると、息抜きに四キロ離れた竜岩浦の街の廃屋のようになっている料亭まで出かけた。それに対し、土工らは丘を崩しトロッコで土を運び、沼を埋め立てる仕事を単調に繰り返していた。作業場の苦力の飯場と土工の飯場は、離れて建っていた。

それは苦力は中国人であり土工は朝鮮人であって、彼らは互いに憎みあい軽蔑し合っていた。偏狭な民族意識がここにも渦巻いていた。どちらも炊事や風呂は腐った葦の底の水を使っていた。むろん飲み水としても使っていた。便所も飯場の近くにあったが、汚水が外にあふれていた。苦力や土工らの中に下痢をする者が出てきたのは自然の成り行きだった。次々に仕事に出なくなる者が増え、そのたびに新しい苦力や土工を補充した。彼らを連れてくるのは葉山老人である。葉山老人はどこかから新しい働き手を連れてきた。

近藤は毎日の出面の不揃いをなくすには、飯場の井戸水の水質を良くしなければならないと思った。近藤は事務所のスタッフが集まった時、労働者の不衛生な飲み水を改善するには濾過器を設置する必要があると提案した。その時、葉山老人がそれは書生論だと言った。「奴らには何にもならない。社会主義みたいなことをおっしゃる」。一同は気まずく沈黙した。近藤は「社会主義」という言葉に敏感に反応した。それは日本国内では認められない思想である。刑罰をもって禁止される。自分の発言が、その禁止されている社会主義思想だと言うのである。明らかに自分に対する非難の言葉であった。だが近藤は自分が社会主義の思想に共鳴していることを言い当てられたようなとまどいを感じた。葉山老人は自分の提案の裏に社会主義への共感があることをうすうす気づいたのではないか。近藤はこの時しどろもどろになってしまった。労働者の悲惨な状態を見て、このまま手をこまねいているだけで良いのかという思いがあったのである。明らかに社会主義的なニュアンスがある。近藤は興奮して自分の意見を繰り返した。

その場を小室老人が話題を変えてとりなした。翌日から近藤は仕事そっちのけで何日か掛かって濾過器を作り、土工らの井戸端にとりつけた。だが葉山老人の冷笑するとおり、濾過器は一度も使用されることなく風呂桶のような無残な姿で晒されただけであった。労働者のためと思ってやったことが、何にも報われず落胆だけが残った。

整地工事の仕事とともに、鉄道引き込み線の橋台の基礎杭打ちの工事も進められていた。いつしか厳しい北朝鮮の夏が来ていた。舌を垂れ声も出さずに土を掘る労働者たちを見ていると、自分が古代の奴隷を使役する鞭打ち人にも思えてくることがあった。彼らにとって工事監督の自分は、大日本帝国という虎の威を借りる狐なのかもしれない。反抗すれば半殺しにされるゆえ、仕方なく過酷な労働に耐えているのである。自分は大日本帝国の版図拡大という任務を帯びた先兵なのだという複雑な感情が襲ったりした。

そんな夏の頃、満州の奥地ではノモンハン戦争が起きていた。一九三九年（昭和十四年）夏、満州国とモンゴル人民共和国とが接する国境付近で、国境地帯の領土の帰属をめぐって、五月十一日から九月十五日まで四か月にわたる死闘が繰り返された。敵対したのは、日本・満州国軍とソ連・モンゴル人民共和国軍であった。事実上は日・ソの戦いであった。大量の戦車と航空機を出動させ、双方の正規軍にそれぞれ二万人前後の死傷者・行方不明者を出した軍事衝突である。日本軍はソ連の近代兵器の前に多くの犠牲者を出し、戦場に大量の重傷者と死体を残して撤退した。近藤が宿舎に戻った夜、ノモンハンでの戦争の事が話題になった。自分の部屋に入ると、東京から「アララギ」が届いていた。

作業衣を壁につるせば部屋くらし独りの床を吾はしきたり
眼鏡ふみし事もしきりにわびしくて夜中に酔のさめて居たりき
吾が今日の作業よ杭を打ち行きて沼土深く岩に触るる音
在りありし三年は遠き日にも似つ君が歌読めば吾が歌のごと

来る日も来る日も仕事の事以外何もなかった。どうしても仕事の歌しかできなかった。朝から汗して働いた作業着を、帰れば部屋につるして寝るだけである。外しておいた眼鏡を酔っぱらって踏んだりした後に、酔いが醒めて目をさますこともある。工事現場の監督中に、土工の打つ杭が岩に当たる音を聞く日もあった。この頃の歌は暗く抑揚がない。精神も沈鬱な様子がうかがわれる。これは労働環境に大きく左右されたためであろう。そんな作業で明け暮れる夜に思うのは、中村年子の事であった。金剛山歌会での思い出の日からもう三年もたつ。アララギの中村秋霞の歌が、自分が作った歌のように愛しく思えてくるのだった。或る時は次のような歌も作った。

寂しくて老い行く父母を吾は思ふすがるかた無く居る汝を思ふ

寂しく老いる両親の事を思う時、やはり心細く暮らす君のことに思いが及ぶという、中村年子を気遣う歌である。その近藤の「アララギ」の作品を中村も読んだのであろう。久しぶりに届いた彼女の手紙の最後には、次のような一文があった。「私の父も母もまた、寂しく老いてまいります」。私の両親だって老いてゆくのよ。それは近藤を責めているようでもある。言外に、早く貴方が決断してくださいと、優柔不断な近藤に怒っているようでもある。母親が二人の事に反対しているのを気にして、結婚という決断を確かに自分は躊躇していた。彼女の思いに早く応えなければならないと、この時強く思った。

四　早春の歌

竜岩浦の建設工事は、中国人の苦力や朝鮮人土工らによる過酷な労働によって成り立っていた。その労働を近藤は指揮し監督しているのである。社会主義思想に触れ、ヒューマニズムや労働者の人権に理解のある近藤にとって、己の立場は心苦しいものであったに違いない。だが、彼らに心の隙を見せてはならぬことをよく自覚していた。彼らがその境遇、待遇に疑問を持つにいたることは、暴動となる危険があった。その刃は近藤たちに向けられるのである。近藤は、ただこの労働現場の状況をザッハリッヒに歌い残そうとした。自らの四囲を冷徹に見つめて、この哀れな労働者たちの息づかいを歌に留めようとした。

鶴嘴を打ちこむ見ればよろめきてつぶやくほどの掛声をあぐ
鶴嘴を己れの影に打ちつづくきびしき西日となりたる中に
自らはなれ土掘る朝鮮人人夫と苦力の人種意識もあはれ
人夫らのため濾過槽一つ作らねばならぬと説き居るうちに雄弁になる
土つみしトロリー押して行き過ぎぬ苦しき表情舌いだしつつ

やがて秋になり、近藤は中村年子との結婚を決意した。休暇をとり、両親に会って自分の決心を伝えようと思い、平壌に向かった。母親を説得しなければならない。母親は、年子の弟が肺を病んでいることが反対の理由だった。近藤の強い気持ちに、母親も一緒に京城に行き年子に会うという。それは承諾を意味した。そして、年子の住む大学官舎を母親と二人で訪問した。二人は、煉瓦造りの家の玄関脇の洋間に通された。迎えたのは、和服を着た静かな母親であった。来訪は数日前に伝えてあった。何のために訪問したかを告げた訳ではなかったが、母親同士は十分承知していた。その部屋に年子は果物と紅茶を運んで出入りした。紫色のワンピースに、髪にはリボンを付けていた。一通りの用を済ませると、年子も会話に加わった。その後、年子は近藤を庭の花壇に誘った。金剛山歌会で掘って来た山野草などをうれしそうに指し示した。こうして二人の婚約は成立した。その時の喜びを、次のように詠っている。

果物皿かかげふたたび入り来たる靴下はかぬ脚稚《をさな》けれ
　育て来し草の匂ひに寄るときに二人の秘密たのしむごとし

まもなく近藤は竜岩浦の工事現場に戻った。その数日後、広島の祖母が危篤だという電報が届いた。近藤が広島に着いたとき、祖母は亡くなっていた。葬式が済んだあと、朝鮮へ帰った。竜岩浦へ向かう途中、京城で下車した。年子が迎えに出ていた。中村の家で夕餉を共にした後、近藤は駅へ向かった。だが、電車は出たあとだった。二人は三キロの道を王宮のある鐘路まで歩いた。この時、近藤は年子の肩を抱いた。そして景福宮の背後の、冬の木立が続く北門の前で足を止めた。そこで初めてのキスを交わした。雪を交えた風が時折吹き過ぎ、曇り空が月を隠す晩であった。この自分にとって大いなる出来事を近藤は次のように詠っている。

　壊れたる柵を入り来て清き雪靴下濡れて汝は従ふ
　手をとりて出でし舗道はあかあかと灯し居き車なきガラーヂが
　立ち上る汝の帽子の羽根鳴りてものうかりけりこの木下道
　在《あり》ありて遂げしささやかなる恋愛よ罪悪視さるる中に吾等育ちて
　あらはなるうなじに流れ雪ふればささやき告ぐる妹の如しと
　手を垂れてキスを待ち居し表情の幼きを恋ひ別れ来りぬ

歩くにつれ、羽根の付いた防寒帽を被る年子の靴下はいつしか濡れていた。王宮前で近藤が立ち止まった時、年子は近藤の次の行為を期待していたのである。近藤にすべてを委ねようとした。そしてその期待に近藤は応えた。記念すべき夜がこのように詠われた。写実的に詠われているが、恋愛が罪悪視される世の中であり、君が「手を垂れて」いることなど、自己を客観視し、相手の動作を注意深く観察している。甘やかな感情に満たされつつも、醒めた第三者の眼は失われていなかった。

これより少し前の秋の頃に次の作品がある。

支那事変ひろがり行くときものかげの遊びの如き恋愛はしつ

日中戦争はますます大陸奥深く拡大していくばかりであった。この一九三九年（昭和十四年）の八月、アララギの渡辺直己が中国戦線で戦死した。三十一歳の死である。近藤は広島のアララギ歌会で、渡辺とは顔馴染みであった筈である。渡辺は呉市立高等女学校の教諭になった後にアララギに入会した。土屋文明選歌欄であった。渡辺は戦地から次のような歌をアララギに送ってきていた。

はげしき弾丸の下に戦ひて気が狂ふ兵もありと云ふ

事もなく戦死者を語る現役将校に特異なる神経を思ふたまゆら
血達磨の如く斬られし兵ありき突撃せる敵の塹壕の中に
逃れ行く匪賊が見る見る倒れたり暁の我が闘争心理よ小気味よし
涙拭ひて逆襲し来る敵兵は髪長き広西学生軍なりき

渡辺の作品は没後、『渡辺直己歌集』（呉アララギ会発行）に六百四首が収められた。土屋文明は歌集の後序で「渡辺君の作品は所謂事変作品の先駆を為すものであつたことに私は重大な意義を認めやうとするものである。渡辺君が教育者として学究として文化人として戦争といふ重大事に直面しての感激は複雑極まりないものであつたらうが、それを単純な短歌の形式として摂取し、表現した君の努力功績は短歌史の一事実としてもゆるがせにできない」。そして、「若干は公表をはばかるか乃至は後日に譲る方がよいと思つたものも眼についた」と付け加えている。反戦的、厭戦的な作品も交じっていたのではないかと推測される。渡辺の歌は、行動記録にとどまらず、戦場心理の極限まで及んでいて、戦争文学としての存在意義を有するものとなった。

渡辺の死を想うとき、そして戦争を想うとき、自分の恋愛は安穏な暮らしの中での遊戯かもしれないと、近藤は自嘲的になったりする事もあった。竜岩浦へ戻った後、十二月の結氷期となり、工事は中断した。そして一九四〇年（昭和十五年）になった。二月には結婚式を挙げることになっていた。

五　挙式

結婚式を目前にして、年子は病床についてしまった。肋膜炎のため高熱を発した。年子は安静を続けていた。京城のアパートから会社に通う近藤は、一時間の昼休みを利用して年子を見舞った。肋膜炎は胸膜炎ともいい、胸膜の炎症である。側胸部や背に疼痛を起こす。胸膜腔に水が貯まる型を湿性といい、貯まらないものを乾性という。原因としては細菌によるもの、結核、肺炎、癌の転移、リウマチなどによるものがある。胸腔に水が貯まる胸水をともなうことが多いが、量が多いときは胸にドレーン（管）を挿入して排液する。年子の場合は、乾性の肺炎によるものではなかったろうか。この頃の近藤に次の歌がある。

肉厚く敷布の上にひらきをり女《をみな》にはてのひらにも表情あり
美しく癒えたる汝とともなひて花残し居る菫に屈む

一首目は性愛の歌ではない。病床の中村にとってはそれは無謀であり、時間も限られていた。布団に横たわっている女性を見下ろした時に、女性のふくよかさ、特有のナイーブさを捉えたのである。そして女性には髪の毛、足の先、そして手のひらまでにも女性の生命が宿っていると感じたのである。布団に寝巻きで横たわり、高熱にやつれた年子を見て、女性の肉感が現実感をもって伝わったのである。こうして二人の挙式は延期になった。ちょうどその頃、土屋文明から祝電が届いた。

「ハルハヤクサキソムルハナモトモニツミテバ」（春早く咲きそむる花も共に摘みてば）
「ウレシサノカズヲイハンニハナニハヤキカモ」（嬉しさの数を言はむに花に早きかも）

まさに早い春を祝う歌である。『早春歌』と名づけられた後の近藤の歌集の題名は、文明のこの歌を記念にして成ったものである。そして三月になり、竜岩浦の工事現場へと戻っていった。

夏になった。延期されていた近藤の結婚式が京城で執り行われた。会場は京城の朝鮮神宮の社殿であった。朝鮮にも、民衆支配のために神社が創建されていた。精神面・思想面から皇国の臣民として統制を図るためであった。その中心が朝鮮神宮であった。年子は体調が万全ではなかった。それでも式を急いだのは、年子の父が新潟の高等学校長に転任することが決まったため、夏までには京城を引き揚げなければならなかったからである。このころ年子は次のような作品を残している。

純白のウエディングドレス着る日近し神の御前に君と立つため

その歌の通りに年子は純白のウエディングドレスを身にまとい、グラジオラスの花束を胸に抱いていた。神宮の社殿にある祭壇がどのようなものか想像もつかないが、年子の歌の中にある「神」は天照大神ではなくイエス・キリストであったろう。そのためにウエディングドレスを着たはずである。それは無論近藤も望んでいたことである。与えられた状況の中で、二人にとっては望み通りの挙式であった。

六　新婚旅行

式のあとの披露宴が終わった夜、二人は朝鮮ホテルに泊まった。中村年子はそこで近藤の妻となった。翌日、二人は京元線に乗って内金剛までの新婚旅行に出かけた。内金剛は二人にとって思い出の地であった。妻の年子はドレス風のチュールの服を着ていた。それだけに汽車の中ではひときわ目立った。山荘のようなホテルに着いて案内された部屋に入ると、簡素な洋室の間取りであった。ホテルに着いて一息ついたが、その晩年子が三十八度近い熱を出した。近藤は冷たい水で絞ったタオルを妻の額に載せた。翌朝、二人は渓流沿いの小道を歩いた。が、ホテルに戻ると年子はぐったりとベッドに横になった。微熱があった。ホテルの宿泊客は、近藤たちの他に外国人の母娘がいるだけであった。何日かすると、日に焼けた坊主頭の国民精神総動員運動の連成団の指導者たちがやって来た。食堂での食事の間も、彼らの視線は空色のチュールの服を着たドレス姿の年子に向けられていた。ドレスの年子の姿は、彼らには奇異に映ったようである。ところがその夜、連成団の幹部の一人が近藤たちの部屋を訪ねて来た。その幹部は年子の父親の知人だということであった。その人は年子の容態を知ると、早く下山して医者に診せた方がよいとすすめてくれた。こうして新婚旅行は愉快な旅にはならなかった。しかし、内金剛でのホテルの滞在は、外界から隔てられた中での二人だけの時間を過ごすことのできた記念すべきものとなった。この時の新婚旅行の作品が次の四首である。

一つある椅子に上着を脱ぎ掛けて妻とし対《むか》ふたどきなきまま
傍《かたは》らにねむりたるとき頸筋にはかなきまでに脈うちて居き
にごりつつ水栓出づる山水に妻のタオルをひやしてやりつ
外人ら体臭立ちて集ふ中洋装貧しく吾を待てり妻は

病みがちな妻の眼を閉じたその顔を、静かに見つめ寄り添うことのできた時間であった。近藤にとって、より愛情が増したホテルでの時間となった。
京城に戻ると、年子は大学病院で診察を受けた。一度癒えかけていた肋膜炎が悪化していた。

年子の両親はすでに任地の新潟へ発っていた。年子は平壌の近藤の実家で静養する外なかった。近藤は再び竜岩浦に向かった。だが、病気の妻の事が気になった。昼間はすべてを忘れて働いたが、夜はこらえようのない孤独と焦燥に襲われた。この頃に次のような作品がある。

魚《さかな》の腹の如き腕《かひな》とさびしめど起きざまに吾が作業衣を着る
青写真たたみて吾の居し時に入日ありありと硝子にうつる
砂利掬ふ音が歯切れ悪く聞えつつ恋文一つ吾は書き上ぐ
月光になべてしづめり盛られたる川砂よりは川匂ひつつ

一首目。自分の腕を見るたび、女性的な魚の腹のようにすべすべしてふっくらとしていると自嘲する。つくづく自分は精悍な体質ではないと思う。それでも朝になって起きると、今日の仕事を頑張らねばと作業衣を着る。二首目。工事現場の作業用の青写真を広げながら、工事の指示を出した。それをたたんでいる時に、入り日が近くの建設現場のガラスに眩しく映っていた。ガラスに映っていた夕日の赤さが、まるで近藤の高揚感を表しているようでもある。そのような日、近藤は現場主任に東京へ帰りたいと訴えた。年子を妻にした以上、もう年子から離れた所にいる必要は無かった。八月の終わり、東京への転勤が決まった。

第二章　武　昌

一　応召

一九四〇年（昭和十五年）九月はじめ、近藤と年子は東京に出て来た。そして目黒区平町のアパートの一階の部屋を借りて住むことになった。近くには柿の木坂があった。同じアパートの二階には年子のすぐ上の姉夫婦が住んでいた。近藤たちの入居は、その義姉の世話によるものであった。そこから近藤は京橋の建築会社の事務所に通った。夫を勤めに送り出したあと、年子は夜具をのべて寝たままの安静を守っていた。東京に着いた時から発熱が続いていたのであった。年子は焦っていた。体調のすぐれないことで夫に迷惑をかけ、妻らしいこともしてやれない。夕食も姉が持ってきてくれていた。自分を責めるばかりであった。そんな時、新興宗教と思しき布教師が近藤の留守の間、一人在宅している年子の部屋に上がり込んできたのである。病床の年子に向かって、あなたの病気は病気ではない、病気だと思い込んでいるからだ、と吹き込んだ。そのあと何かを信じれば病気は治るとか言って帰ったのであろう。新興宗教は人々の弱みに巧妙につけこんで、何かにすがろうとする心に入り込み、果ては自分たちの勢力拡張のために様々な手段を使ってくる。年子はすっかりその気になってしまった。そして自分は病気ではない、と帰って来た近藤にその日の事を告げたのであった。夫を安心させたいためであった。布教師の行為は住居侵入罪で犯罪であるが、近藤はそのことよりも自分たちの平穏な二人の生活の中に、まったく関わりのない第三者が闖入したことが腹立たしかった。そして、布教師の言を信じようとする年子の心情が哀れになった。年子が自分のために体を治したいという気持ちが痛いほど分かったからである。それからほどなく、医師をしている義姉の紹介してくれた新宿の老医師の診察を受けた。年子は新潟の実家で安静を続けた方がよい、ということになった。数日後、近藤は年子を新潟まで送っていった。こうして近藤は夢多きはずの新婚生活を、年子と離れて一人寂しく過ごすことになった。近藤は、二カ月くらいすれば年子は快方に向かうと信じていた。信じる外なかった。こうして近藤は一人の生活になってしまった。

そんな日が数日続いた九月二十五日の夜、寝入ろうとしていた近藤のアパートのドアを激しく叩く者があった。弟であった。弟は思いつめた表情をしていた。近藤は、自分に来たものを直感した。やはり、弟が報せに来たのは、郷里に届いた召集令状であった。その報せを聞いた時、近藤は平静であった。いつかそのような日が来ることを予想していたからである。その時が今来たのだ。弟はその夜、近藤のアパートに泊まった。一枚きりの毛布に兄弟はくるんで寝た。灯を消してしばらくしたあと、弟が泣き出した。「兄さんが可哀そうだ」。同志社を一年前に卒業していた弟は、京浜地区の自動車会社に勤務していた。弟にとって近藤はたった一人の男兄弟である。知性ある弟は、中国大陸に対して行っている日本の戦争の意味、日本軍の戦況をある程度分かっていた。この時期に兄が戦地へ赴くことは死と隣り合わせであることを知っていた。弟の言葉に対して近藤は「馬鹿な……」と言いかけた。憐れまれることはない。自分は今は耐えていくしかないのだ。どうする術もないものの前に身を屈して生きていくだけである。それが、今の時代を生きる自分たちの生き方だと思うしかなかった。この時代、国家はその権力と監視の眼を社会の隅々にまで及ぼしていた。それに抗う者には牢獄が待っていた。個人の意志・自由は全体の前に埋没するしかなかった。それが戦争時の国家というものであった。

翌日、近藤は召集令の来たことを妻に告げるため新潟へ向かった。新潟の駅には年子が迎えに出ていた。小さな妹たちと一緒にホームに立っていた。年子は近藤に赤紙が来たことを姉から聞いていた。年子の住む官舎は海辺の高台にあった。二人は朝食を済ませると海の見える砂丘に出た。そのハマゴウの咲く茂みに二人は腰を下ろした。二人は砂丘に打ち寄せる日本海の波を見つめていた。年子は近藤の心を解きほぐすかのように、足元の甲虫のことなどを話しかけてきた。新婚二カ月なのに夫は戦地へ行ってしまうのだ。もしかしたらこれが今生の別れになってしまうかもしれないのだ。自分は妻として何を為しただろう。病弱な自分にできることは、健康になって夫の無事な帰りを待つことにすぎない。あまりにももどかしすぎる。近藤には、妻のいじらしい気持ちが切ないほど分かっていた。海から吹き上げて来る風が冷えてきた。近藤は自分の背広の上着を年子の肩に掛けてやった。その上着を羽織ると年子は突然立ち上がり、渚の方にひとり下りていった。年子には、自分の思いをそれ以上言葉にできなかった。言葉にすればあまりにも軽くなってしまうと思われた。その夜、近藤は年子の家に泊まった。その時の歌が『早春歌』の「新潟一夜」である。

吾が妻を健気と思ふ感情のしばらくにして又混濁す

赤紙が来たことを聞いても年子は動顛しなかったのであろう。この前まで「少女」と思っていた年子の内面の芯の強さに驚きもあった。泣き崩れ心乱れて取り乱すかと思っていた年子が、悲しみに耐えていたからこそ「健気」と思ったのであろう。だが、近藤は妻を健気と思ったのち、妻の性をとらえどころのない、不可思議なものとの思いにとらわれるのだった。

胸にうづめて嗚咽して居し吾が妻の明るき顔をしばしして上ぐ

夫の胸に顔を埋めてすすり泣いていた妻。しかし、しばしののち妻は明るい顔を見せるのだった。めそめそした顔を夫に残してはいけないという心配りからであろう。妻が泣いてばかりであったなら、近藤も暗い気分になってしまったであろう。

白じらと月に片頰をてらされて吾が眼覚むるを待ち居しらしき

窓辺の月を頰に受けながら、年子は近藤の目覚めるのを待っていた。夫が充分な眠りをとるまで声をかけずにいよう。そして夫の寝顔をこうしてまじまじと見つめられるのももう無い事だってあるのだ。そんな思いで年子は近藤の目覚めるのを待っていたであろう。

汀には打上ぐるものもあらざれば吾が上着きて立ちたる妻よ

昨日の事を思い出している。二人の見つめている海辺には打ち寄せられる何物もない。ただ波が寄せ、引いていくだけである。二人の会話が途切れた時、近藤が掛けてやった上着を着た年子が急に立ち上がった。年子は「そうだ、沈んでばかりいては駄目だ」というように悲しみを振り切ろうとして、決然とした心持ちになったのであろう。

近藤は東京に帰った。会社に行き、出征のための休職の手続きを済ませた。そして弟と日比谷の劇場に入り、児童劇団の「ピーターパン」を見た。それは童話のような明るい世界に、快い涙を流すためであった。翌日、アララギ発行所に行き、土屋文明に会った。応召の事を聞いた文明は「近藤君に召集令が来るようになっては、日本の戦争もそろそろ終わりだな」と冗談を言って笑った。華奢な体つきの近藤を知った上での文明のからかいに似た冗談であったが、そこには近藤に対する親身な愛情が込められていた。そして、小暮政次らが小さな送別宴を開いてくれた。そしてその夜、東京を発ち、集合地の広島に向かった。

二　出征

この一九四〇年（昭和十五年）九月二十五日、近藤は補充兵として広島工兵連隊に入隊した。補充兵とは、現役兵の補充に充てるため、必要に応じて召集し、所要の教育訓練を施し、戦時の要員に充当される兵である。したがって、徴兵検査で体格の見劣りする乙種合格者であったり、三十歳を越えた中年とも言える者たちであったりした。だから一週間の訓練の後に営庭に集められた二百名ほどの新しい補充兵は、中年とも言える瀬戸内海の漁夫たちがほとんどであった。中国大陸での戦争は、彼らを動員しなければならないほど、兵力がひっ迫していたのである。また、工兵は築城・渡河・船舶輸送・坑道・鉄道・通信などの技術的任務に服するのであった。近藤らは、独立工兵隊という部隊に転属命令を受け、騎兵銃を手渡された。だが、ほとんどの兵が工兵としての専門技術は無く、銃の操作を知らなかった。そして出立前夜、各自は遺書を認め、遺髪とともに封筒に入れた。この一週間の入隊の日々を近藤は次のように詠んでいる。

ポケットを弛《たる》ませ重き認識票ありよはひ後れて兵となる日に

認識票は、軍務の間はもちろん、戦死した時には兵士の身分を証明する唯一の証であった。肌身離さず持たなければならないものである。この認識票をポケットに入れたとき、自分が日本国の兵士の中の一人であることを強く意識した。そして自分は二十七歳という、遅い齢に兵となった人間なのだと改めて思うのだった。ところで、太平洋戦争末期になると、徴兵は四十五歳まで対象となった。浅田次郎の『終わらざる夏』には四十五歳十一カ月の男が徴兵される場面がある。

ささやき合ふ兵の国訛しげき中生死を思ふ遥かなる如

補充兵は広島で漁師をやっていた者たちがほとんどだった。私語を交わすのも広島弁であった。多分、俺たちはどこに行かされるのだろうとささやき合ったのであろう。その時、近藤は自分のこれまでの生と、来たるべき死の事を、何故か遠い出来事のように思うのであった。

寝台より数歩の域を城としてある時は白々しおろかなる声

兵士らは訓練の後に兵営の宿舎に戻ると、自分のベッドに閉じこもるのであった。それは殻に閉じこもるように、心を閉ざすことでもあった。入隊して間もない兵にとっては、他人をそうやすやすと信頼することはできなかった。どうしても他人によそよそしくなる。そんな彼らの宿舎での言動がおろかしく思えることもあった。

そしていよいよ出立の朝が来た。独立工兵隊は戦場へ向かうため、暁を突いて宇品港へと行進していった。目的地がどこなのか、どんな目的のためか、どの兵も知らされていなかった。実は、独立工兵隊は敵前上陸用の船舶隊だったのである。学校出の近藤は隊伍の分隊長として、行進の先頭を歩いた。そして宇品埠頭で小休止したのち、大陸に向かう御用船に乗った。平壌から駆けつけてきた両親と下の妹が、旗を振って見送ってくれた。こうして、ついに本土の地を離れた。この出征の朝の情景を近藤は次のように詠んでいる。

処理し得ぬ思ひに兵ら送りたる街を今日征《ゆ》く声に送られて

「処理し得ぬ思ひ」とは、兵士らを送るため埠頭に来ていた家族らの複雑な思いであろう。表面では日本の小旗を振って「しっかりお国のために働いて来い」と言いながらも、自分の息子や夫を戦地に送らざるをえない悲しみ、言いようのない怒り、憤懣が心の中に渦巻いていたからである。誰もが自分の息子や夫を死なせたくなかった。しかし、国家の強大な力の前に、一人一人の思いなど通じる筈もなかった。そんな街の思いや声に送られて、今戦いに征こうとしている。

傍らより軍装をなでむばかりなる父母に遺髪袋を渡さむとす

見送りに来た両親が近藤の軍服を撫でんばかりに語りかけてくる。自分たちが育てたこの息子との会いも、これが最後になるかもしれない。両親は胸が張り裂けんばかりであったろう。その両親に、自分の戦死した時のために備えた遺髪袋を万感の思いを込めて渡すのであった。

酔ひし一人激しく頰を打たれつつ御用船に移る整列に立つ

工兵隊の二百名ほどは、あらかた広島の漁師たちである。自暴自棄になる者もいた。そして前夜から朝まで、しこたま酒を呑んだのであろう。そんな酔った一人が上官からビンタを加えられて、御用船に乗り組む隊列に並んだのであった。

このように、日本の兵士の多くは宇品港から発つことになっていた。陸軍運輸部が岸辺に置かれ、太平洋戦争のときも陸軍の兵の大半は宇品から前線に送られた。そしてその多くが再び同じ桟橋に戻らなかった。後年、宇品には近藤芳美の歌碑が建てられた。平成十年のことである。

陸軍桟橋とここを呼ばれて還らぬ死に兵ら発ちにき記憶をば継げ

輸送船は関門海峡を過ぎ、ただただ西へ進んでいくのみだった。海また海である。船艙で、補充兵たちは故郷の家に手紙などを書き始めていた。文字をろくに知らない者もいた。そんな時、近藤は問われるままに文字を教えてやったり、代筆してやったりした。そんな時に、彼らは家族の事や過去の事を近藤に語り出すのだった。そうした事も終わって手持無沙汰になった彼らは、花札などをやり始めた。支給品の煙草一本、二本を賭ける賭博である。夜の点呼の時間にハッチを降りて来た伍長が、その現場を見つけた時などはビンタが加えられた。このような世界を近藤は聞いてはいた。しかし、現実に我が身を軍隊の内に置いた時、このような野卑で野蛮な日常にも馴れなければならないと思うのだった。

三　武昌にて着任

出港してから何日経ったろうか。輸送船は南京の河口、下関に着いた。南京はすでに陥落していた。そこに駐屯していた自動車隊の一隊が船内に乗り込んできた時、外界の空気を感じることができた。その時だけ船内に生気が甦った。しかし、彼らはしばらくして下船した。その後はまた沈鬱な今まで通りの船内に戻った。船は揚子江を遡っていた。南方とはいえ、秋の深夜の船内は寒さが厳しかった。一枚の毛布しかない兵たちは体を温めるために抱き合って寝ていた。

よりどなき寒さに脚を組み交し船艙に寝つ名知らぬ兵ら

御用船は沿岸航路の貨物船を改造した、赤錆びた軍の輸送船であった。夜になると船艙は急に気温が低下した。多くの者が風邪をひいた。兵士たちは頭から毛布にくるまり膝を抱いて寝たが、それでも寒さは身に沁みた。いつしかお互いの脚を絡み合わせて寝ていた。

船艙の寒さに脚を組み交し幾夜か過ぎつ「戦友」と呼ぶ

そのようにお互いの体温で寒さを凌ごうとする夜が何日か過ぎるうちに、互いを「戦友」と呼ぶ雰囲気も生まれてくるのだった。この戦友とは生死を共にする運命にある仲間という感情であろう。お互いを信頼し合う真の友情とは異なった感覚のものであろう。そうであっても近藤は「戦友」の友情を信じようとした。

抱き合へる仮の眠りに吾がいびきをあはれみ呉れぬ若き班長が

近藤は寒さのあまり、いつの間にか隣の若い班長と抱き合って眠っていた。鼾をかきかけては眼が覚めた。そんな近藤を見て相手の班長は、近藤が疲れているのだと思って声をかけた。学校出で眼鏡をかけ、長身で痩せた近藤が疲れているのだろうと同情したのである。

こうして船は航行を続けた。そして兵たちに目的地が武昌であることが告げられていた。武昌は、一九四九年の中華人民共和国成立以後、武漢市となった。武昌・漢口・漢陽の三市が合併したのである。この三市を武漢三鎮と言った。鎮とは都市を意味する。湖北省の省都であり、長江と漢江との合流点に位置している。古来、交通の要衝であり、現在は人口約五百万人の都市となっている。長江を日本は揚子江と呼んでいた。上流に向かって揚子江の右岸が漢口であり、左岸が武昌である。武漢は、一九二七年一月の国共合作によって成立した臨時政府が置かれたこともあるほど、重要な都市であった。しかし、一九三八年十月二十六日、日本軍によって陥落していた。近藤たちが上陸する二年前の事であった。

それは武漢攻略作戦と呼ばれるものであった。この作戦は、一九三八年六月十五日の大本営御前会議において決定された。中支那派遣軍の下に第一一軍を揚子江沿いに進軍させ、同時に北支那方面軍の下の第二軍を北方から南下させて武漢に迫るという作戦であった。この作戦の理由は、武漢周辺には国民政府軍の主力が集まっており、これを撃破すれば戦争を終結できるかもしれぬという期待があったからである。そして、国民政府が遷都していた奥地の重慶を爆撃するためには、航空基地として武漢地区を占領することが不可欠だった。さらに、武漢と広東を攻略することによって、中国または第三国から和平の提案があることを期待していた。この作戦で第一一軍は第六師団が揚子江の北岸沿いに進み、第一〇六師団が南岸沿いに武漢に進軍した。そして、ようやく中国軍の抵抗線を突破して十月二十六日に漢口を占領した。日本軍はこの戦いで二万二千人にのぼる死傷者を出した。武漢地区の警備を担当することになった第一一軍は、揚子江の北に三個師団、南に四個師団を配置し、その占領地区を確保することになった。だが、中国軍に周囲を囲まれ、揚子江の水運だけで後方と連絡をとる状態で、たえず周囲の優勢な中国軍の攻撃にさらされていた。

その揚子江南岸の武昌に近藤たちは上陸することになった。もう日が暮れていた。こちらから一等兵が岸に向かってカンテラで合図を送ると、岸からモールス信号の灯りが返ってきた。しばらくして近づいてきた大発と呼ばれる舟艇に乗り移ると、御用船は沖に離れていった。このとき、もう日本に帰れないかもしれないとの思いが胸をよぎった。船着場に上がった近藤たちの兵営は、砲撃に崩れた紡績工場の廃墟であった。女工らの寄宿舎であったらしい建物に収容された。もう秋も終わろうとしていた。

翌くる日から激しい訓練が重ねられた。数日後、野外演習があり初めて近藤たちは営門を出た。近藤たちの部隊は暁部隊と呼ばれた。兵舎の塀の外は、二年前の砲火に焼かれたままの難民地区であった。街は、飢餓のためにやせ細りさまよい歩く女たちと、半裸の子供たちばかりであった。難民街を抜けると綿畑が広がっていた。部隊は綿畑を分けて歩哨と偵察の演習を繰り返した。通常の場合は、教育訓練は六カ月続くことになっている。しかし、この時は三カ月に短縮されていた。急いで前線に兵を送り込まなければならない状況になっていた。部隊の日課は、船舶工兵としての訓練に移っていった。それは手旗信号と、上陸艇の機関の操縦の訓練であった。補充兵らは、助教の笛に合わせて紅白の手旗を振った。はるかな兵舎の屋上から送ってくる信号を読み取る演習も繰り返し行われた。船舶部隊の上陸舟艇には大発と小発の二種類がある。大型のディーゼル発動機艇が大発であり、補充兵が主に操縦するのがガソリンエンジンの小発である。乗組員は、艇長、舵手、機関手、舳手、艪手があり、それぞれが定められた位置につく。後に近藤が分隊に配属されて担当することになるのは舳手である。舳手は、手旗を持って艇のへさきに立つ。敵前上陸の場合、錨を背負って真っ先に敵地に飛び下り、体ごと船を止める任務を負っている。この頃、近藤は兵営での日々を次のように詠っている。

四方より光芒立てる街の空月は一夜を移りしならむ

夜の歩哨として、荒れ果てた街を警備しているのであろう。四方より立つ光とは、軍のサーチライトであろうか。日本軍の陣地の周囲に、敵は姿を見せない。来るとすればゲリラとしてである。静寂な街を月が移り、夜は更けてゆく。

崩れたる壁より深く月射して銃抱く一人一人を照らす

廃墟となった建物の中で、兵たちが休息している。崩れた壁の間から、月光が兵士たちを照らしだしている。兵たちは腰を下ろして膝を抱くように銃を抱き、壁に凭れて眠っている。冷え冷えとした静まり返った情景が、廃墟の中に浮かびあがる。

澱《をり》の如なほまとふもの兵の中に「眼鏡」と吾の名指さるるとき

痩せっぽちのノッポの近藤は眼鏡をかけている。その近藤を「眼鏡」と呼ぶ者がいた。虚弱に見えるその容姿に対する侮辱である。だが、補充兵である近藤にはそれに抗う術もない。また、喧嘩をするような気性でもなかった。屈辱感が心の底にたまっていくのだった。

四　万葉集をうち止まぬかも

一九四〇年のその年も暮れようとする或る日、部隊は揚子江の岸に手旗演習に出かけた。その日は教官はいなかった。二十歳を過ぎたばかりの伍長が、補充兵たちに手旗の自習を行わせた。日曜の休日ということもあり、伍長の思いついたおもいおもいの演習であった。相手のいない対岸に向かって、勝手な通信を送っていればよかった。南岸の武昌側に立つ近藤たちは揚子江の流れを隔てて、北岸の漢口側に手旗を振ったのである。近藤の軍服のポケットには、前日届いた妻の慰問の手紙が入っていた。その中に万葉集の歌が書き記されていた。次の二首の万葉歌であった。

吾が背子はいづく行くらむ沖つ藻の名張の山を今日か越ゆらむ　（万葉集4巻五一一）
君が行く道の長路《ながて》を繰りたたね焼き亡ぼさむ天の火もがも　（万葉集15巻三七二四）

「吾が背子は……」の歌は、「夫は今ごろどのあたりを旅しているのであろう。名張の山を今日あたり越えているのであろうか」という、妻の夫を想う歌である。年子は近藤が今ごろどこで、どのように過ごしているか案じていた。「君が行く道の……」の歌は、「あなたが任地へ下ってゆく長い長い道、その道のりを手繰って折り畳んで、焼き滅ぼしてしまう天の火があったら」という歌意である。あなたと離れているこの遠い距離を一気に縮めたいというほど、近藤に逢いたい年子の気持ちである。近藤は手旗を持ったとき、自分も妻に万葉の古歌で愛情を示そうと思った。それは柿本人麻呂の次の歌である。

小竹《ささ》の葉はみ山もさやに乱げどもわれは妹おもふ別れ来ぬれば　（万葉集2巻一三三）

これは、「ささの葉はみ山全体にさやさやとそよいでいるけれども、私はただ一筋に妻を想う。別れて来てしまったので」という歌意である。近藤は濁流の彼方の対岸に向かって、この歌を手旗で振った。対岸にははるかな海の向こうの年子の面影があった。手旗を打つ近藤の影が長く延びていた。いつしか冬の日が落ちようとしていた。この日の事を近藤は次のように詠っている。

果てしなき彼方《かなた》に向かひて手旗うつ万葉集をうち止まぬかも

年子への思いだけが、自分の生きるという望みの確かな支えであったといえよう。過酷な状況にあっても、手旗を振る近藤の心は、一途で純粋な妻への愛情で占められていた。近藤のように、万葉集を心の慰めとしていたのは他の出征兵士の中にもいた。大学出の兵士の多くは、日本を発つ時に岩波文庫の『万葉集』ないしは斎藤茂吉の岩波新書版『万葉秀歌』を背嚢に忍ばせていたからである。そしてまた、この歌には私の特別な思いがある。私は近藤自筆のこの歌の色紙を持っているからである。「未来短歌会」の先輩であり歌友であった今は亡き落合郁子さんという婦人から頂いたものである。この歌に出会うと茶目っ気のある落合さんの事も思いだされる。

こうして、近藤らは教育訓練の検閲を終え、教育隊は解散してそれぞれの中隊に編入された。近藤の配属先は第一中隊一小隊であり、船舶隊の一つの分隊に加えられた。そこでの近藤の任務は上陸艇の乗組員であり、舳手を務めることになった。近藤らの小隊は桜井隊と呼ばれる約百名であり、煉瓦倉庫を宿舎とした。陸軍の兵営内における日常生活は、内務班という五、六名の単位となる。中隊には、十余の班がある訳である。班長となるのは軍曹であり、分隊長でもあった。一個分隊というのは十二人位からなり、最小の戦闘単位である。四個分隊で一個小隊（約五十人）となり、小隊は少尉が指揮する。四個小隊と何人かの指揮班で一個中隊（約二百人）となり、中隊長は中尉か大尉であった。兵営の朝は六時の起床ラッパから始まる。起床ラッパで起きると、まず真っ白な靴下、次に軍袴をはく。続いて軍衣、略帽、兵営靴を順々に身に着ける。そして、床を整えるのである。営庭に出る時には、営内靴ではなく巻脚絆を巻いて編上靴をはかなければならない。被服や巻脚絆のつけ方には一分の違いも許されなかった。言葉使いも軍隊は特有であった。一人称は「自分」であり、見習士官以上になると「わたくし」に変わる。同僚同士は「きさま」と「おれ」であり、「きみ」などと呼んだらそれだけで殴られる。また、兵器は正式名で呼ばなければならない。「九九式歩兵銃」を「テッポウ」などと言ったら、ただでは済まない。「トイレ」は「かわや」であり、「ポケット」は「物入れ」、「菓子」は「甘味品」である。また「食事」は「めし」であり、「物の数」は「員数」と言った。ほとんどが官給品の軍隊で、物をなくしたら大変なことになる。どこかで他の中隊からくすねてでも員数を整えなければならなかった。営庭に整列した後は、点呼を受けた。そのあとの軍隊体操が終わって食事となる。その日の食事当番が走って炊事場に行き、めしと汁の入った缶をリヤカーで運んでくるのである。食器は金属製の茶碗と箸であった。初年兵は食後に古い兵隊の食器を洗い終えると、もう一日の演習が始まるのが常であった。

近藤は外套を着て、その上に救命胴衣をつけ、岸壁の舟艇に乗り込む敵前上陸演習についた。もちろん川の中へも入るのである。寒い冬の川の冷たい水に外套も軍袴も濡れていた。そうした演習が終わって、兵営に戻ってくるのである。

釣鐘の如く凍りし外套を立てかけおきて翌る日に着つ

こちこちに凍った冷たい外套も、冬の寒さを凌ぐには着るより外はなかった。官給品には余分な物はない。支給された物で間に合わせるしかなかった。だが、これでは体がなかなか温まらない。体を動かすこと以外、術はなかった。そのような時、日本に向かう船が揚子江を下ってゆくのを見ることもあった。

川をこめて土色の靄立つ中をああ鳴りわたり故国にむかふ船

濁流ゆえに靄も土色をしているが、その靄の中より出帆の合図の銅鑼の音が聞こえてくる。靄から出てきたあの船は日本に向かってゆく。あの船に乗れたら年子にも逢えるのだ。しかし、それは叶わない。ああ、ここから日本は遠い。

この頃の近藤の歌は、自分の身めぐりの作品が多い。後の近藤の思想詠・社会詠とはかけ離れている。だが、眼前の事象を歌うのは渡辺直己も宮柊二も同様である。彼らは、下級の兵士であるがゆえに、情報の制限された状況の中で歌を作っていた。自分の置かれた状況・位置を推し量ることは無理であった。それ故、戦況を捉え、自分の立場を客観的に眺めるということは至難の業であった。目の前の現実を曇りの無い眼で捉えることが、彼らに突きつけられた課題であった。ただ、二人と異なり近藤には戦闘の歌があまり見られない。それは近藤に起こった事態によるところが大きい。

五　束の間の正月

近藤たちの敵前上陸演習は激しく繰り返されていった。その訓練が、海洋の島嶼での作戦を想定していることに変わっているということをひそかに伝え聞いていた。近藤たちの部隊は、時期が来れば激戦の続く南洋諸島に振り向けられる手筈になっていた。だが、その事は伏せられていた。訓練の行われない日は、揚子江の沖に停泊する輸送船からの軍需物資の荷を埠頭まで舟艇で運んだ。輸送船から舟艇に移された荷を岸壁に積み下ろすクレーンが単調な動きを繰り返した。まさにクレーンはその名のごとく、鶴のように首を折り、また曲げる物悲しさを兵士たちの眼に醸し出していたのではなかったか。近藤らの仕事は、その傍らで黙々と舟艇を操って荷を運ぶ作業であった。このようにいつ果てるともない訓練と労働との毎日が過ぎていった。

疲れ果てて帰る小隊の宿舎には、初年兵にとっては怯えつつ過ごす夜の消灯までの長い時間が待ち構えていた。銃の分解掃除は兵士の日課だが、部品を失くそうものなら激しいビンタが加えられた。近藤ら補充兵は三十歳を過ぎた者が多かった。三十歳を過ぎた兵士は「老兵」と呼ばれた。初年兵や老兵らは、彼らより年若い現役兵に「態度が悪い」とか「生意気だ」とか「銃の手入れが悪い」とかいう言いがかりをつけられ恫喝された。それは内地も同様であった。そのことは野間宏の『真空地帯』にも描かれている。そこには大学出の兵士に対する憎しみも描かれる。古い兵隊らはひそかに近藤を憎んでいた。眼鏡を掛けた、ひとりだけ背の高い、大学出の補充兵の近藤は、彼ら貧農出身の兵士の嫌うインテリだった。それはコンプレックスから来る憎悪の感情であった。そのことは私刑の制裁となって表れた。だが、近藤にとって幸いなことに、近藤の部隊では陸大出の連隊長の厳しい私刑禁止の命令が行きわたっていた。そのため、初年兵に対する私刑の制裁は一度も行われなかった。点呼が終わり消灯ラッパが鳴ると、近藤は半ば凍ったような藁布団の上に軍用毛布を被って寝た。眼を閉じると、どこからか軍用列車の遠い汽笛が聞こえて来た。

夜半にして汽笛の如く曳く音を前線深く行く汽車と思ふ

前線に兵士を運んでゆく列車が、船の汽笛のように尾を引く音を響かせてきた。死地へと兵士を運んでゆく汽笛の音は、さまざまな事を想わせた。汽車の兵たちは何処へ行き、何処で戦い、どのように死んでゆくのだろう。そして、自分のこの一兵卒としての孤独な生活は何なのか。自分もいつ、どこで、どのように死んでゆくのか。近藤のその思いは、多くの兵士たちの思いでもあった。彼らは死と向き合い、自分の死の意味を思っていた。

正月の朝が来た。一九四一年元旦である。この日は、赤飯と共に飯盒の蓋一杯の祝い酒が配られた。兵士らは営庭に整列し、遠い東方の皇居を遥拝した。そのあと、大学教授のような表情をした連隊長に続いて、中隊長、小隊長の講話があった。連隊長の講話の中に、この戦争が終わらないのは中国の背後に英米の策動があるからだ、との激しい言葉があった。故国の大本営は、この頃新たな戦争を用意していた。講和が終わると、古い兵隊らには外出が許されていた。彼らは髭をそり、軍服の襟布を取り替え、いそいそと武昌の街に出て行った。女を買うためであった。若い兵士たちにとって、この外出許可は自分たちの欲望を発散するまたとない機会であった。近藤ら初年兵は、古年次兵の出払ったあとの、監視のない、くつろいだ気分を営舎で味わった。補充兵らは露台に出て、冬の日差しを浴びながら故郷からの手紙を見せ合ったりした。近藤は営舎の寝台に腰かけながら、この朝届いた妻からの慰問の小包の紐を解いた。下着類、瓶詰、菓子、新聞などが、リボンをかけた箱に納められていた。近藤は新聞をむさぼり読んだ。応召の日以来初めて読む新聞であった。その新鮮な文字に近藤は胸をわななかせた。

正月が過ぎた後、一人の兵士の遺骨が上流から送られてきた。水上警戒に出ていた小船隊の犠牲者であった。背後の葦原の中から、拳銃で狙撃されたのである。逃げようとして射殺されたのである。狙撃した老人は、親日派と思われていた温厚な邑長であった。中国の人々は武力で迫る日本軍に表面では屈従しているが、自分たちの大地を蹂躙する敵に心を許す筈などなかった。この兵士の通夜が、兵営の廃屋の一室で執り行われた。

霊前に帽脱《と》るときにさびしきか男の髪の匂ひのみ立つ

風の中僧侶出身の兵ひとり経よむときに帽とり並ぶ
葦のかげに射たれしといふひとりのこと月照る夜の舟艇衛兵

一首目。死んだ兵士と親しかった戦友の一人が、霊前に帽子をとった。その兵士の背後に並んで焼香しようとしていた近藤に、兵士の髪の匂いがした。生きている男の髪の匂いである。その時、生きているということは淋しいことだとも思った。それは、常に死を意識しなければならない兵士という存在に対する感情であろう。二首目。凍るような夜の冷たい風の吹く中、僧侶出身の兵が経を読むために列に加わった。そして帽子をとって祭壇の前に立った。戦場で仲間の兵士を弔う元僧侶の兵士には、複雑な思いが去来したことであろう。世俗の戦とは無縁の檀徒を弔う筈の自分が、人を殺す戦場で戦友を弔うという割り切れない思いである。三首目。自分たちに好意的だと思っていた老人の邑長に、背後から撃たれた仲間。近くの部落に宿泊していた彼は、舟艇衛兵として月照る夜に立哨していた。我々は中国の人々すべてを敵にしているのだ、との思いを強くしたに違いない。

その翌日、近藤の部隊はゲリラ討伐の小作戦に参加した。近藤は上陸舟艇の小発の舳手を務めた。大発は重量があるためディーゼルエンジンであるが、小発は軽量であるためガソリンエンジンである。歩兵らを乗せた舟艇は、エンジンの音を立てて沖に出た。そして揚子江を遡った。月が落ちて、あたりは暗くなっていた。敵前上陸のため、船隊はすべて灯を消していた。

夜が明け始めていた。この時の行動を近藤は次のように詠っている。

指揮艇のともす一つにつき行きてしばらく寝よと歩兵に告ぐる

川明りの中航《ゆ》く艇の幾ときか機関のぬくもりに眠る歩兵ら

取舵の命令とともに艇は左に舵を切り、上陸の態勢に移った。近藤の小発は浅瀬に乗り上げてしまって、舵手がエンジンを停めた。近藤は舳手のため真っ先に艇から飛び下り、錨の代わりとなって体ごと舟を受け止める役目だった。歩兵らは川に飛び下り、敵地の岸の方へ向かって行った。舟艇の操縦手はあわてて舟にアスタンをかけたため、艫綱を握っていた近藤は引き戻されて流れの中に転倒した。艫綱を離した舟艇は、もうすでに沖へ去っていった。近藤は水の中に腰まで浸かって、独り取り残されたのである。周囲には誰も居なかった。これが近藤の最初の出動であったが、惨めな結果に終わった。舳手であるから、舟艇が再び迎えに来るのを待つほかなかった。この時の近藤の胸に去来したものは何であったろうか。孤独、虚しさ、焦燥、屈辱、それらがぐるぐる駆け巡ったことであろう。そしてその思いは、戦争そのものに通じると思ったに違いない。

第三章　負　傷

一　思わぬ負傷

二月十一日の紀元節を過ぎた頃、近藤ら補充兵はいつものように沖の輸送船の積荷を護岸まで運ぶため、舟艇を使って護岸と輸送船を往復していた。その日は朝から事故が多く、負傷する者があいついだ。揚子江に降りしきる粉雪の寒さと、連日の作業による疲労のためであった。午後になった。今度は近藤の乗っている艇が故障した。前線に送る馬糧の袋を運び終えて岸を離れようとした時、錨が川底のロープに絡みついて、捲上機であるウインチのエンジンが動かなくなったのだ。艫手の二等兵が船尾に屈みこんで、もつれたロープを解こうとした。だが、なかなか解けず、先発した指揮艇はもう引き返してきた。けれど誰も二等兵を助けようとしなかった。宇品を発つときから一緒の松本という兵であった。舳手の近藤は見かねて船尾に駆け寄った。その時であった。動かなかったクラッチのエンジンが突然かかり、もの凄い勢いで錨を捲き上げ始めた。錨はペンギンが翼を広げたような格好で回転しながら飛び込んできた。その錨に松本も近藤も足をすくわれた。そしてその錨の翼のような切先が近藤のふくらはぎに突き立った。一瞬の出来事であった。松本も負傷していた。二人は護岸に担ぎあげられ、トラックに乗せられて部隊の医務室に連れていかれた。ところが、軍医は慰安所へ出かけていて留守であった。応急処置をしなければならない状態だった。トラックに乗せられた二人は寒さと傷の痛みに震えていた。出血は続いていた。トラックは広い武昌の街の中を走り続け、難民街の一画にある武昌野戦予備病院に到着した。そこで付き添いの衛生兵と伍長は戻っていった。夜の闇となる頃であった。二人は担架で運ばれ、手術を受けた。松本は骨折であったが、近藤の傷は深かった。手術の後、二人は重症病棟に収容された。いくつかの寝台のうちに、先に手術を終えていた松本が横たわっていた。この時の様子を近藤は歌に留めている。

耳にかけて血を吹き伏せる兵のかたへ吾の担架は並べ置かれつ
石だたみ冷えて担架と吾は置かれ何に靴音を恐怖する意識
うつしみは担架に冷えて血に濡るる軍袴断ち裂く鋏聞き居つ
軍医らは女の如き指をせり傷の苦しみに湧く涙ならず
松葉杖間遠き音をたてながら吾が担架より立ち離れ行く
担架より音遠ざかる松葉杖ねむらむすべての過ぎし安らぎに

一首目。傷兵として担架で病院に運び込まれた近藤の隣には、やはり手術を待つ兵が仰臥していた。銃弾を受けたのであろうか。顔面から耳にかけて血が噴き出していた。自分はどうなるのであろう。隣の負傷兵を思うにつけ、不安が大きくなるのであった。二首目。手術室で傷の手当てをするまでに、担架は病院の石畳の廊下に置き忘れられたようになっていた。近藤は担架に乗せられたまま眼を閉じていた。時々覗き込んでは歩み去る病院の傷兵らの松葉杖の音が響いている。まるでそれは憲兵が危険人物を探って歩く靴音として聞こえたのであろう。三首目。やっと手術が行われた。もう運び込まれて小一時間も経っていた。若い軍医が血まみれの軍袴を鋏で断ち切っていった。歯を喰いしばりながら上体を起こしていた近藤は、その傷口を見た。そこは河底の泥に汚れていた。四首目。二、三人の軍医の周りには、五、六人位の看護婦が居たであろうか。軍医らの指は兵士と違って、女のように白くて細い。思わず流れた涙は、平時ならば都会の病院の医師らに手当をされていたであろうにという感傷であったかもしれない。五首目。手術が終わって病棟に移されるまでの間、担架に横たわっていた。意識がもうろうとなりかかっていた。眼を閉じていた。自分の様子を見に来た傷兵の松葉杖の音が離れていくのが分かった。六首目。自分の横たわっている担架から、傷兵の松葉杖の音が遠ざかっていく。包帯をした片脚が鉛のように重く、体は熱で脈打っているが、安らぎをも覚えた。それは、これで当分戦地での煩わしい日常や、忌まわしい死の恐怖から免れることができるからである。このように近藤は突然に自分のものとした、思いもよらない孤独の安らぎに身を委ねようと思ったのである。

入院して一週間後、小隊の軍曹が訪ねて来た。近藤の図嚢と一束の手紙を届けた後、もう見舞いに来れないことを告げた。それきり二度と顔を見せなかった。近藤の部隊は新たな任務を帯びて移動を開始し、百隻の舟艇とともに揚子江を下っていったのである。この船舶部隊の行動は秘密にされた。後に知ったことだが、この部隊は南洋の島で玉砕した。近藤の命は、まさに運命としか言いようのない負傷という偶然によって保たれたことになる。近藤のいる重症病棟には、武漢周辺で負傷した兵が代わるがわる担架で運ばれて来た。

うはごとに敵襲叫ぶ患者あり関りもなき病室の中
「誰も居ぬか殺《や》られるぞ」と寝言するは明日前線に復帰し行く兵

一首目。野戦の夢にうなされ、うわ言に狂い叫ぶ声を傍らで聞くこともあった。しかし、今の自分には関わりの無いことであった。自分は当分は戦闘に加われる体ではなかった。二首目。傷が癒え、戦場に戻っていく者もいた。前線に復帰する前夜、敵兵に包囲された悪夢を見る者もいた。彼らの誰もが、あどけなさの残る年若い兵であった。

近藤と共に負傷した松本二等兵は回復が早く、大部屋に移された。その彼は内地への送還が決まった。彼の思いはすでに瀬戸内にある郷里の島のことで一杯だった。しかし、その嬉しさを口に出してはならなかった。近藤との別れを惜しむかのように、戦争が終わったら島に遊びに来て下さいと広島弁で言った。松本にとって分隊長の近藤は上官であったが、兵としての経験は同じであったため気心の通じるものがあった。近藤は大学出のゆえに、階級としては軍曹になる。二等兵、一等兵、兵長たちの兵と違って、その上の下士官だった。分隊長になるのは伍長か軍曹であり、十二人位の戦闘単位を統率する。その同じ分隊にいた松本も日本へ帰っていった。まだ重症病棟に残っている兵たちは、動けぬ者がほとんどであった。彼らは所在なげに少しでも体を動かそうとした。近藤もその一人であった。

起き直り包帯のしらみ取りて居り表情のなき傷兵の日々

上体を起こしては、包帯に付いている虱を取ったりしていた。体を少しでも動かそうとした。そんな自分はおそらく無表情に生気のない顔をしているのであろう。そんな風にして日が過ぎてゆく。

倦怠せる私語は澱みの如き中運ばれ行きぬ手術受くるため

傷兵たちの私語が飛び交う中、近藤は再びの手術のため手術室に運ばれていった。傷が治れば、また部隊に戻らなければならなかった。しかし、部隊からの連絡は全く絶えてしまっていた。

二　コノジダイニワカクイキレバ

近藤の傷も快方に向かっていた。そして百名近くの軽傷患者がいる大部屋に移された。傷が癒えれば、元の部隊に戻らなければならない。それを「原隊追及」といった。作戦が始まり軍の移動が続けられる場合、退院した兵は自分の部隊を捜し、幾日もかかって広い大陸をさまよい歩かなければならない事もある。そうした兵には、孤独な死か、戦場の捕虜の運命が待っている事もあった。また、戦友を病院に送っている間、部隊が転戦した場合、何カ月もかけて部隊を追いかけなければならない事もあった。或る兵は負傷した戦友をバンコクへ護送したあと、スマトラ島沖へ移動した部隊に戻るために、列車と船を使って三カ月近く追及している。近藤にも、「原隊復帰」の命令の下る日は近い筈であった。自分の部隊が上海付近に集結しているとか、南シナ海で上陸作戦を続けているとかの曖昧な情報は耳にしたが、それらは噂にすぎなかった。自分はどこへ行けばよいのか。不安な思いを抱いて日を過ごす頃、もうアカシアの葉が緑になる初夏が訪れていた。

病床の兵たちも次々に入れ替わった。前線に戻っていく者もあれば、負傷して野戦病院に送り込まれて来る者もあった。そうした、まだ戦場の硝煙の匂いが残っているような兵たちから、つぶやくような告白を聞くこともあった。或る兵はこう告げた。武漢を目指して進攻していた歩兵部隊のあとを追う本隊の兵として、湖北平野を前進した。部落はすべて焼き払われ、その焦土に下半身裸の女たちの死体が延々と横たわっていた。仰向けになったその死体の陰部には、どれにも鋭い竹竿が突き刺さっていた。日本兵は女たちを強姦したあと、すべて殺したのであった。また或る兵はこう言った。道端に手を上げた若い中国人の、着の身着のままの兄妹を車に乗せてやった。若い兵たちは途中で車を停め二人を降ろしたあと、裸になれと命じた。兄妹の性交を見物しようとしたのである。拒む二人を狂気のように威嚇したあと、兵たちは膝まずいた兄妹に銃の引き金を引いた。これらは戦場の断片の一部だが、どれも近藤の魂を凍らせるようなものばかりであった。そして、そのような蛮行をした兵士が、自分の目の前で笑い、しゃべっている者の中にいるかもしれないと思うと、いたたまれない気持ちになるのだった。

そうした或る日、軍医から肺浸潤が進んでいるとの診断が下された。肺浸潤とは、比較的軽症の肺結核である。肺結核の初期に肺尖の部分に病巣が生じ、X線写真に浸潤状の影が写るのである。そして、その日のうちに内科病棟に転室する手続きがとられた。結核患者は、他の病棟と離れた木造バラックの結核病棟に入ることになっていた。傷兵たちも気づかないような離れた場所に建っていた。木の床に、藁のマットを敷いただけの寝台であった。外科病棟と違って物静かな陰気な病棟であった。微熱が続き始め、動作をするたびに眩暈がするほど体力が弱っていた。一日数時間の安静と、一日置きのザルブロの注射が治療のすべてであった。そのような日課の過ぎる頃、国防婦人会の女たち十人ばかりが慰問に来た。朝鮮人の女性たちであった。彼女らは兵隊相手の慰安婦であった。彼女らは軍隊に強いられて国防婦人会に加わり、兵隊の慰問のために戦場のどのような所にも連れて行かれた。外科の病棟と違って、結核患者らはただ彼女らを目で追うだけであった。

いつか、アカシアの花の咲く夏がめぐって来ていた。この頃の事を近藤は次のように詠っている。

蚊遣火をたく夏は来ぬいくたびか遺骨の前に焚きし蚊遣を
青蚊帳を吊りて寝る夜を言交はし沖縄の兵とも心親しき
かたくなに己れとざせばひとりのみ私物包みを抱くごとく臥す
まさびしき夢精をしたりうつしみは稚き兵に並び覚めつつ
後送され来し一人をかこみ前線を問ひただしをりたれも眠らず
アカシヤの花を煙草の火に焼きて妻の連想にひとり狂ほし
前線より付箋つき来し手紙の束受領しかへる吾のベッドに

一首目。夜になると夥しい蚊の群れが病棟を襲った。患者らはいら立ちの声を上げ、暑い窓を閉め切り、幾束もの蚊取線香を一度に焚いて防いだ。それは死者を弔うために使う線香の代わりでもあった。二首目。そんな寝苦しい夜に、蚊帳の支給があった。ほっとひと息できる晩である。隣に寝ている沖縄出身の兵と親しく語り合うこともあった。お互いの故郷である朝鮮と沖縄のことを語り出していたであろう。初めて聞く南国沖縄の話は近藤にとって興味が尽きなかったと思われる。三首目。この「己れ」とは近藤自身であろう。戦場にインテリは少ない。心を通わすことができない病室で、近藤も心を閉ざすこともあったのであろう。私物の包みを抱くようにして寝た。この私物には妻からの手紙が入っていたのであろうか。四首目。性欲の捌け口を慰安所に求めなかった近藤は、夢精をすることがあった。自分より若い兵たちと同じ頃に目覚めたときであった。彼らは性欲を慰安所で処理していた。五首目。前線から負傷して来た兵もいた。彼を囲み誰もが前線の様子を聞き糺していた。病気が癒えたら誰もが前線に復帰しなければならないからである。皆真剣そのものであった。六首目。アカシアの花びらを拾って、噛んでみたりした。花びらの匂いは別れてきた妻の体を生なましいまでに甦えらせた。病衣のポケットからマッチを取り出して煙草に火をつけて吸った。煙草の火を花びらに当てたとき、匂いがいっそう香り立った。妻の事を激しく想った。七首目。そんな時、妻子からの手紙が、前線を転々として自分の元に届いたのであった。その手紙類の中に、一枚のハガキも入っていた。久しぶりに見る年子の便りであった。ハガキには歌が詠まれていた。

コノジダイニワカクイキレバオソイカカルイカナルコトモワライテウケン
（この時代に若く生きれば襲いかかるいかなることも笑いて受けん）

この前の手紙には、妻は病気のため新潟の実家に身を寄せているとあった。その病弱な妻の、不屈ともいえる強靭な精神を思った。自分たちの生きている時代はまさに息苦しいものである。しかし、この暗黒を耐え抜きましょう、と言う。耐え抜いた先の光明を待ちましょうとの、夫への励ましであった。軍事郵便には、当局を刺激するような事は書けない。この歌は制約された状況の中での、年子の精一杯の近藤への表現であった。「オソイカカルイカナルコト」とは、暗に軍部の横暴、そしてそれによりもたらされる民衆の苦難を指していることが理解できる。しかし、それを「ワライテ」受け止める強さを持ちましょう、とハガキは言っていた。暗く荒涼とした戦場にあって、年子の歌はかけがえのない灯であった。

三　陸軍病院結核病棟

一九四一年六月下旬、近藤は南京の陸軍病院に後送されることが決まった。なかでも移送先が上海である者は幸運であると言ってよかった。上海まで下れば、必ず内地還送となることを誰もが知っていた。傷病兵は誰もがひそかにそれを待っていたのである。とにかく近藤は武昌から南京に向かうため、揚子江の船着場に向かった。この時、国防婦人会の朝鮮人の女たちが小旗を振って見送ってくれた。

たすきせる朝鮮娼婦ら左右に添ひはしけに下りぬ病兵の列

病院船に乗り込む近藤ら傷病兵を左右から挟むように、朝鮮人の慰安婦たちが見送った。その女たちも哀れであるが、白い病衣を着てとぼとぼと船に向かう近藤たちの姿も哀れである。

朝鮮人娼婦幾人旗を振り担架のあとを吾らしたがふ

彼女たちの境遇を思うといたたまれないが、自分たち病兵の無事を祈って小旗を振ってくれる姿は健気である。担架で運ばれる兵の後を、自分たちはゆっくりと船に乗り込んでゆく。

白衣着て佇つ身にまぶし夏となる大地の流れの黄なるみなぎり

病院船の甲板に立って、遠ざかってゆく武昌の岸辺を見つめる。もう暑い夏となるのだ。この動乱の中においても、揚子江の流れはこの大地を黄色い濁流として滔々と流れている。

こうして、近藤は南京の中央陸軍病院に収容された。

この頃、南京をめぐる軍事・政治情勢は次のようになっていた。日本軍が国民政府の首都南京を一九三七年十二月に陥落させた後、国民政府は重慶を根拠地として抗戦を続け長期戦となっていた。しかし、国民政府内は一枚岩ではなかった。蔣介石の独裁が強まるとともに実権を失った汪兆銘は自分の地位の低下に不満を抱いていた。汪兆銘は日本やフランスへの留学経験をもつ教養の高い知識人であったが、インテリの弱さと動揺性を持っていた。そして、中国の抗戦能力を見失い、自分の影響力を過信して、投降にも等しい対日和平の道を選んだのであった。さらに、日本側の和平工作によって汪は重慶を脱出し、汪を首班とする親日の新国民政府が南京に樹立された。一九三九年十一月のことである。日本は翌一九四〇年これを承認した。しかし、汪政権は、占領地域内における日本の傀儡政権であり、実力もなく重慶の国民政府との和平にも障害とさえなった。

その間も、日本は重慶に対する攻撃を続けていた。一九四〇年五月、武漢より上流にある宜昌を占領した。宜昌は武漢地区から重慶をめざす航空作戦の中継地としての意味があった。だが、天皇の「宜昌のごときはできるならば手をつけるな」という「お言葉」があり、占領後すぐに放棄された。けれど、その後宜昌が中継基地として大きな価値があると聞かされた天皇から、「陸軍は宜昌をなんとかならないのか」との「御下問」があった。そして再び宜昌に反転して、多数の犠牲者を出しながら占領したのであった。この一九四〇年五月中旬から九月上旬にかけて三カ月あまりにわたって、陸海軍の航空隊が重慶・成都等の都市を爆撃したのである。この重慶爆撃は、敵国の戦意喪失を狙う人口密集都市に対する無差別爆撃であった。これには、アメリカはじめ各国から非人道的な都市空襲だとの非難を浴びた。それでもなお、日本は一九四一年七、八月にも同じような重慶爆撃を行った。近藤が南京の陸軍病院に入ったころの一九四一年七月、すでにヨーロッパでは独ソ戦が開始されていた。ヒトラーの「バルバロッサ作戦」の命を受けたドイツ軍三百万は、六月二十二日、バルト海から黒海にわたるソ連との国境でいっせいにソ連攻撃を開始したのである。ヒトラーにとって、この戦いは共産主義という異教徒を討つための戦いであり、第三回十字軍を率いた赤髭王フリードリヒ一世にあやかって「バルバロッサ作戦」と名付けられていた。

そのような重苦しい状況の中で、近藤は陸軍病院の結核患者の重症病棟で日を過ごすことになった。病院は玄武湖の湖畔に近い、国民党政府時代の大学の校舎を接収した建物であった。結核病棟は、広い構内に鉄条柵で仕切られて離れて建っていた。武昌の頃より規律は厳しく、朝と夜の点呼にはベッドに正座させられ、午後の安静の時間には私語さえ禁じられた。この頃の近藤に次のような歌がある。

やせし脚撫で居し軍医傷あとに触れて小さき叫びあげたり

診察の時、軍医が近藤の脚を見た。負傷した傷痕を見た時、あまりに深い痕跡だったので思わず驚きの声を上げた。それほど近藤の傷はひどかったのである。

肺病みてやがて内地に還されむ言ひ出でぬ世界史を学ぶ志望を

肺を病む自分は、いつか内地に還送されるのであろうか。日本へ帰ることができたら、世界史を勉強したい。この世界を動かす歴史の正体を探求してみたい。歴史に翻弄される身であればこそ、その欲求は強い。

病院では週に一度の軍医の診察と、毎日の看護婦の検温と注射があった。中国人の看護婦が二人いた。一人は汪政権の高官の娘だという、カタコトの日本語を話す少女のような看護婦であった。もう一人は、背の高い年長の、勝気な看護婦であった。彼女は東京のホールでダンサーをしていたので、日本語を話すことができた。そして、近藤の人となりを知ったのであろうか、ひそかに書店をめぐって岩波文庫を捜して来てくれるようになった。二階の一室に入っていた近藤は、玄武湖の彼方にある紫金山をよく眺めた。日が暮れると、病棟の庭にあるガラス張りのサンルームのテラスで時を過ごした。同室の病兵の中には、気を許せる者もいた。神田の街の思い出がきっかけとなって知った一等兵は、私立大学の中退者であった。左翼運動のために大学を追われたが、高文試験に受かって裁判所の判事補をしていたという。彼は、この戦争が帝国主義戦争であり、この戦争のために死んではならない、内地還送になるために病気が治らない方がいいのだ、と率直に打ち明けた。だが、彼は近藤より早く治癒退院を告げられ、奥地の戦車隊に復帰していった。また、もう一人の病兵はいつも汚れた病衣を見につけ、スリッパをだらしなく引き摺っている男であった。松茸うどんが食いたいと歌っていたり、結核患者の禁止されている酒保に通ったりしていた。誰からみても「とぼけた野郎」であった。だが、彼が郷里の中学で名の知られた野球選手であることを判事補をしていた一等兵だけが知っていた。この「とぼけた野郎」の兵は、武漢攻略作戦後の演習で物笑いの対象になっていた。日本軍は、中国兵の捕虜を銃剣術の刺突訓練として藁人形の代わりに刺し殺していた。ある朝、「とぼけた野郎」も上官の命令で、その演習に加わらなければならなかった。しかし、「突け」の号令がかかった時、彼は大きな奇声を発し、身を翻して列を離れ、一目散に営庭を駆け抜けていった。戦友らは、物陰に隠れて震えている彼の姿を見出した。それ以後、周りから小心者と嘲笑されるようになった。その彼も、喀血を続け、担架で個室へ運ばれてしまった。このように人間らしく生きるために、自分自身を偽装する兵士もいたのである。

四　演奏者たち

近藤は一九四一年六月から南京の陸軍病院に入院生活を送っていたが、もう秋となっていた。

その頃の近藤は、短歌を創作する時間に恵まれていたようである。病院での歌が多くある。病床での生活は、為す事もなく単調な時間であった。ここまで近藤の戦地での短歌作品を挙げてきたが、これらの作品は月に二回許される軍事郵便のハガキに記されたものである。そして、その作品は厳しい検閲を受け、軍機のために不都合な部分は墨で塗りつぶされて妻年子の元に届いていた。しかも、それらの作品は、古い兵たちの眼を盗んでの記憶に頼っての歌であり、慌ただしい兵営の中でのメモのような走り書きにならざるを得なかった。推敲などは望むべくもなかった。そのハガキの歌を年子の弟が手帳に書きとっていたのである。その中の数首が年子の代筆によって「アララギ」に投稿され、土屋文明選歌欄に載った。そこに載った歌だけが『早春歌』に収められた。その他の歌も記してあった手帳が見つかったのは戦後十数年経った頃である。そしてそれらの作品を整理してみようと思った時、作品のあまりの粗雑さのために、嫌悪感から原稿用紙を幾度も裂き捨てたという。しかし、前線の兵の日の記憶と、抗しようのないものに向かって叫ぶ、声をかぎりの一人の思いの孤独な記憶を残そうとした。そのため最小限の手を加えたものもあるが、戦場から書き送ったままの原型をほとんど保とうとしたのであった。こうして一九五九年の「短歌研究」十一月号に「大地の河」として発表されたのである。だから、近藤の戦場詠を読むとき、そのような事情を私たちは汲みとらねばならないと思う。

ただ、当時近藤自身の中にも限界があったことも事実である。たとえば、武昌から南京の陸軍病院へ向かう際の、前述の歌の中の「朝鮮娼婦」「朝鮮人娼婦」という表現である。現在の私たちは、軍隊の慰問に赴いた朝鮮の女性たちが、軍隊に強いられた「慰安婦」であったと理解できる。けれど、戦地の兵たちはそのことを認識できる状況になかったのではないか、ということである。慰問の女性たちを、頭から娼婦と思い込んでいたのではなかったか。近藤もそのような兵士の一人であったかもしれない。「朝鮮娼婦」という表現には、近藤のためらいや逡巡する思いが感じられないのである。ここに近藤の「限界」を思うのである。だが、それだけで近藤を責めることはできないだろう。そうした軍の実態はヴェールに包まれていたからである。

一九五九年の「短歌研究」十一月号の「大地の河」を元に、一九七五年に歌集『吾ら兵なりし日に』が出版された。この時、近藤は六十二歳であった。この歌集の中に差別的な表現のある作品をあえてそのままに入れたのは、当時の一兵士としての自分のありのままの姿を映し出そうとしたからに他ならない。それは次のような作品からも判断できる。

朝鮮人詩人宗秋月さんの生くる街「緑峠」という夜のパブひとつ

（『風のとよみ』一九九二年）

大阪に住む朝鮮詩人の店に誘われ、そのパブで酒席を共にし、友情を育んだ夜の歌である。

世紀を生くる思想とし音楽としこの人の苦渋の楽章と夜を

（『希求』一九九四年）

日本統治下に生れた尹伊桑に、朝鮮民衆の負った苦難に思いを馳せている。

思い秘むる韓国の春の旅一つ責めとし負える歳月の上

（『命運』二〇〇〇年）

自ら統治国の日本人として、朝鮮で支配者の側の一員として生きたことに負い目を感じている。

直接に女性を詠った作品を挙げることはできないが、このような作品から近藤の人間の尊厳への思いを感じ取ることができると思う。

近藤の入院していた南京陸軍病院の話に戻ろう。陸軍病院の近くに湯水鎮療養所があった。ここには温泉が湧き出ていた。

遠くなほ戦ひ止まず山のまに出湯一つを守る警備隊

ひとしきり警備の兵も浴みに来て病兵と居り暗き出湯に

起伏が続き、草が茂る山の奥の温泉に、病兵らは療養のために入った。夜の静かな温泉場にも、時おり砲声が聞こえてくる。ここを警備隊が警護していた。警備隊の兵らも、湯浴みに来ることがあった。しかし、警備隊の一団は、近藤ら病兵とは離れて入浴していた。彼らの眼は落伍兵を見つめる眼であった。それでも近藤にとって、出湯に浸かるひとときは束の間の休息であった。

その陸軍病院で慰問の音楽会が開かれたことがあった。南京新政府の綏靖《すいせい》軍と呼ばれる軍の軍楽隊の演奏である。結核患者らは、その時だけ鉄条柵の病棟を出ることを許された。煉瓦造りの豪華な大講堂に数千人の傷病兵と看護婦らが詰めかけた。音楽会が始まった。天井のシャンデリアが消え、スポットライトが左右から舞台を照らした。舞台には、純白の制服に、髪をきちんと分けた軍楽隊の一団が並んでいた。きらびやかな楽器を抱いた演奏者の前に、若い長身の楽長が指揮棒を持って立った。まず最初に「君が代」が奏でられた。そして第一部の曲目が始まった。「支那の夜」から始まった。日本映画『支那の夜』の主題歌である。上海を舞台に、長谷川一夫扮する日本人貨物船員・長谷哲夫が李香蘭扮する中国娘・桂蘭を救い、二人の間に恋が芽生えるというストーリーである。作詞は西條八十、作曲は竹岡信幸である。日本国内では渡辺はま子が歌い、大ヒットしていた。ストーリーは、日本人がヒーローとなるひとりよがりの物語であった。続いて「蘇州夜曲」が奏せられた。作詞は西條八十、作曲は服部良一で、謡いだしの「君がみ胸に抱かれて聞くは～」は国内の人々に口ずさまれていた。傷病兵らは、なじみの深い歌謡曲に盛んな拍手を送った。

だが、第二部に入ると会場の様子は一変した。第二部の初めにビゼーの「カルメン組曲」が演奏された。兵隊たちには聞きなれないクラシックであった。聴衆に不満のざわめきが波のように広がっていった。彼らにはクラシックなど無縁であった。だが楽団は、四囲の喧騒を無視したかのように演奏を続けた。その時、近藤は自分の聞いた東京の一流の楽団にも劣らない技術で奏でられていることに気付いた。兵隊たちのざわめきで、もはや弦音は前列でしか聞き取れなくなっていたが、舞台の演奏は整然と進められた。それは、近藤が聞いたうちで最も美しい「カルメン組曲」であった。演奏者たちは征服者の日本兵の上に、超然として自分たちの民族の矜持を保っていたのだった。近藤には、それがいつ果てるともない無言の抵抗のように思えた。

秋になった。近藤は上海の陸軍病院に後送されることが決まった。内地へ還送されるかもしれない可能性があった。上海に発つ日に、ダンサー上がりの看護婦が、岩波文庫を餞別に買ってきてくれた。病院船に乗ったあと、その本を開いたら彼女の写真が挟んであった。舷に凭れながらその写真を見つめていた。そして、少しためらった後、それを揚子江に放った。写真は流れるように吹かれ、濁流の中に消えて行った。

第四章　原隊追及

一　太平洋戦争の始まり

一九四一年秋、近藤らは上海の南市陸軍病院に収容された。ここは、大陸で病兵となった者には最終の入院となる筈の病院であった。三階建ての煉瓦造りの病院は、元は女工寄宿舎を思わせるものであった。患者らは、皆肺結核の兵隊であった。そして十二月八日を迎えた。この日患者たちは病棟ごとに集会室に集まって、ラジオから流れる放送を聞いた。日本時間の午前七時、大本営陸海軍部から「帝国陸海軍は本八日未明、西太平洋において米英軍と戦闘状態に入れり」との発表があった。この時、国内では「ほとんど信じられないことが起こった」という衝撃と戸惑いが国民の間にあった。しかし、「これは起こるべくして起こったのだ」という達観にも似た静寂があった。この様子をよく表しているものに米川稔の次の作品がある。

しばらくは辣然《らつぜん》としてありにけり期《ご》したる秋《とき》ぞ来《き》たるといふに

米川はこの時四十四歳の医師であったが、徴兵年齢四十五歳ぎりぎりの身で南洋の島へ出征してゆくことになる。また、次のような歌も開戦を知った時の国民の意識を象徴していると思われる。

日米が正《まさ》に戦ふこのニュース頬《ほお》こはばりて我は聴きゐつ　　田中みゆき（二十七歳）

午前十一時には、臨時ニュースで「上海においてアメリカの砲艦一隻が降伏し、抵抗したイギリス砲艦一隻を日本の戦艦が砲撃し沈没させた」という戦果の第一報が放送された。さらに十一時半には、ハワイ奇襲攻撃の大成功や、シンガポール、グアム、ウェークなどへの爆撃の成功が、軍艦マーチとともに放送された。

午前中の緊張と戦慄は、緒戦の勝利を報じる臨時ニュースによって、一瞬のうちに吹き飛んでしまった。この時の国民の歓声をあげる姿は、次の斎藤茂吉の歌に代表されるであろう。

何なれや心おごれる老大の耄碌国を撃ちてしやまむ

また、一般の国民には次のような歌がある。

声のかぎり万歳を言ひて虚《うつ》ろなる我《われ》の涙の垂《た》りてゐたりき　森　快逸（三十六歳）

続いて十一時四十五分、天皇の宣戦の詔書が発せられた。「朕は、ここに米国および英国に対して戦いを宣す。……衆庶（国民）は、その本分を尽くし、億兆一心、国家の総力をあげて征戦の目的を達成するに遺算（手抜かり）なからんことを期せよ」。ほとんどの国民が、勝利を聞いた喜びと興奮に加えて、このような尊い天皇の決意を知り、今までにない感激に奮い立った。

歌人たちはこの戦争の開始をどのように捉えたであろうか。北原白秋に大詔換発という詞書の次の歌がある。

天《あめ》にして雲うちひらく朝日かげ真澄み晴れたるこの朗ら見よ

これは澄み切った朝の風景を詠んだ歌ではなく、国民の実感した開放感を表現した歌であった。また、小学校の教師をしていた筏井嘉一は、貧しい者に寄り添うヒューマニストであったが、この開戦を次のように詠っている。

みいくさの大《おお》き構想神なせばうつつに仰ぎ恍惚たりき

まさに忘我の境となって、天皇の詔勅を礼讃している。このような現象は普通の状態であった。土岐善麿さえ次のように詠っている。

横暴アメリカ老獪イギリスあはれあはれ生恥さらす時は来向ふ

近藤の師である土屋文明は次のように詠った。

東京に天の下知らしめす天皇の大勅に世界は震ふ

まさに歌壇全体が、米英との開戦を称揚していたのである。
しかし、このことをもって、歌人たちを戦争礼讃者と括ることはできないのではないだろうか。加藤克巳は、斎藤茂吉の『寒雲』の中に、戦争賛歌のみとは異なる真実の歌があるとして、次のような歌をあげる。

おもひ残す事なしと云ひ立ちてゆく少尉にネエブル二つ手渡す

陣《ぢん》のなかにささやかに為《せ》る霊祭《たままつり》一本の麦酒《びいる》そなへありたり

加藤克巳は、同時に次の土岐善麿の歌を挙げる。

いまの時にわが憤ることごとのむなしきを遂に妻に語りぬ

知識人として内省している、と見ている。だが、こうした歌は表に出ることはなかった。日本国内は、このように開戦の報に沸き立っていた。ましてや、戦地の兵たちの感激と興奮はそれ以上であった。そうした中で、病院では午後に緊急退院患者の名が次々に読み上げられた。病状の比較的軽い独歩患者たちの名であった。その中に、近藤も入っていた。国は一人でも多くの兵士を必要とする段階に入っていた。上海の病院まで来れば内地へ還送されるとほとんどの者が思っていた。だが、その淡い希みも消えたのである。退院患者たちは、再び兵士として戦場へ出なければならなかった。近藤は退院の命令を受け、軍衣袴と一等兵の階級章を受領した。近藤は原隊追及の旅に発たなければならなくなった。百名ほどの退院者は前庭に集合し、市街の外れの日本兵の兵営にトラックで向かった。そして、そこで銃と銃剣を受け取った。そのあと、兵営の芝生に横たわり、各兵士に餞別に残していった一本のタバコを喫った。長い病院生活で禁じられていたタバコであった。タバコ好きの近藤にとって、久しぶりの快感に似た心持ちであった。ゆっくりと大きく吸い込んだ。吸い終わったあと一行は解散し、それぞれの部隊を追うために立ち去っていった。近藤は一人取り残された。自分の所属していた部隊は、近藤が入院している間に消息を絶っていたからである。

二　原隊追及へ

上海の病院にいた近藤に、緊急退院命令が出たことは既に述べた。そのあたりの事を近藤は次のように詠っている。

国は今は一人の兵を要求す戦ひ果てむ病む体さへ
病兵の嗚咽はいつか聞えつつ東条首相の録音の声
戦場に復帰を願ふ声々の夜のニウスと共にあはただし

太平洋戦争の開戦により、国家は一人でも多くの兵を必要とした。武器をとって戦いうる者は武器をとって戦えという要請である。まだ癒えたわけでもない近藤も、軽症ということで再び前線で戦う事になった。「病兵の嗚咽」とは、米英との開戦の報に感極まってむせび泣きしている病兵であろうか。東条首相が大々的な戦果を喧伝し、国民の士気を鼓舞する声に、誰もが奮い立った。病兵たちはもう居ても立ってもいられなくなり、部隊への復帰を願う声があちこちで起こった。それは勇ましいラジオニュースにも刺激された声であった。

十二月八日今宵妻に書く吾が葉書遺書めき行きて二枚にわたる
受領せし戦闘帽と兵服とベッドの上にひろげ疲るる
今の場合出づる微熱が何ならむ復帰し行かむ戦ふ隊へ
あはれあはれ今の覚悟まで幾たびかまどひき疑ひき民族の意味

日米開戦の報のあった十二月八日の夜、今度こそどこで果てるかもしれない命であるというような遺書めいたハガキを年子に書いた。書いているうちに、いつの間にかハガキ二枚にもなっていた。病院の地下室で受け取った戦闘帽と兵服を、ベッドの上にひろげた。しかし、まだ体が本調子ではない。けれども、退院して戦闘に加わるのだという実感が胸に広がるのを覚えた。そして、微熱が出るくらいのことで臆してはならないと思った。原隊に復帰するため、追及の旅に出るのだという決意を改めて思うのだった。自分はこの戦争を本当に大義のある戦いなのか迷い疑ったこともあったが、今こそそういう迷いなどは捨て去るべきだと思ったのである。

原隊に復帰するために、まず自分の所属していた船舶隊の行き先を調べなければならなかった。近藤は兵営の隣の兵站宿舎を訪ね、事務所で調べてもらったが分からなかった。事務所の下士官たちは、ここにしばらく居ればいろいろな兵の出入りがあるから、隊のことも分かるだろうと慰めの言葉をかけた。次の日、近藤は上海の船舶司令部に連絡を取ればいいことに気付いた。兵站の事務室で電話をかけようとしていた時、傍らに居た小柄な上等兵が声をかけてきた。それは同じ岩本部隊に居た山田という兵であった。彼も元居た部隊を追及していた。お互いに仲間を見つけた喜びに、堰を切ったようにしゃべり出していた。山田はその後の岩本部隊の消息をいくらか知っていた。浙江省沿岸で激しい上陸作戦を行い、その後沖縄へ渡ったということを話してくれた。ただ、それ以上の事までは知らなかった。二人は兵站の酒保に入り、久しぶりの酒を呑みながらこれからの事を語り合った。夜になって船舶司令部から迎えが来て、二人は軍用自動車に乗り込んだ。迎えに来た司令部の軍属は、車中で岩本部隊の消息を二人に語った。浙江省沿岸の上陸作戦で指揮艇が機雷に触れたため、中隊長、小隊長、岡原軍曹、沖仲士の中村たちが戦死したという。もし近藤が岡原軍曹を艇長とする小発に舳手として乗っていたら、運命を共にしていたであろう。

自動車は船舶司令部に着くまでに何度も停車を命ぜられ、誰何された。軍属は一軒の書店の前で車を停め、何かを買いに入った。内山書店であった。一九一七年、内山完造とみきが上海で本を売る商売を始めた、その書店である。魯迅や郭沫若らをはじめ、日中の文化人と交流を持ったことで知られる。その時、停車した自動車の車体を爪叩きながら、野鶏（ヤーチー）と呼ばれる売春婦たちが暗い街を通り過ぎていった。その夜、近藤と山田上等兵は、船舶司令部の空き室に体を寄せ合うようにして寝た。この間のことを、近藤は次のように詠い留めている。

気球一つ戦果を告げて上りたる地区を今日行く軍用トラックに
外人ら査証を受くる列なせばかかる日にさへあはれはなやぐ
国々の戦ふときと敗るるとき民はかかる静けさに従ふ
気象図を受領しかへる十歩ばかりひしひしと吾が武装を自覚す

上海の兵站を訪ねた時であろうか。大々的な戦果を書き記したアドバルーンが幾つも街に上がっていた。その地区を軍用トラックから見ていた。日本の兵站には外人たちが査証を受けるため列をなしていたが、欧米人の彼らの列にはなぜとなく明るい雰囲気がある。国と国とが戦争する時また敗れる時、それぞれの国民は厳粛にあるいは沈鬱に馴れ従うのであろうか。兵站より気象図を受け取って門を出る前、自分がもはや病衣ではなく武装していることを自覚するのだった。

そしてこの後、船舶司令部へ向かう軍用自動車に乗った時に、次のような歌がある。

霧の夜の管制しつつ更けたれば租界巡査とかへる女ら

霧ふかき石だたみの街巡羅する水兵らみな白きジャケツ着る
石の壁照らすライトに外人の男女が手を挙ぐる軍用自動車に

車の走る道路は管制が敷かれ検問をしている。上海の租界を警羅する巡査たちが物々しく車を停車させる。あたりは夜の商売をする女たちも帰ってゆくところだ。十二月の寒い、霧の深い夜の街には、巡察する水兵らが立哨している。みな、セーターの上に白いセーラー服を着こんでいる。車の進行中に、欧米系の男女が乗せてくれというように手を挙げるが、それを無視して車を走らせる。

自動車の中にむかひて誰何する鉄兜黒々と霧に濡れつつ
砂嚢壕のかげ暗きより歩み去る野鶏《ヤーチー》らみな黙々として
或は行く南方の地図求め来ぬ内山書店扉下すとき

自動車は何度も停車を命ぜられた。上海の街は厳重な警戒であった。誰何するのは陸戦隊の水兵であり、夜霧に濡れた黒い鉄兜を光らせ、銃剣を提げていた。自動車は、進行方向に壕の堀から出て来る女たちをも照らし出した。コトを終えて出て来る野鶏（ヤーチー）と呼ばれる売春婦たちであった。屋外で仕事をするため、そう呼ばれていた。その野鶏が、書店に寄るため停めた車の窓をたたいた。近藤はその内山書店で南方の地図を買った。これから向かうべき原隊の追及のためであった。だが、追うべき姿はおぼろであった。

三　祖国の土

船舶司令部は黄浦江に臨んだ港にあった。その二階の事務室で、近藤と山田上等兵は長い間待たされた。やがて二人は曹長のいる士官室に呼び出された。気難し気な中年の曹長が、窓を背に大きな机に向かっていた。曹長は書類綴を見ながら二人を見較べた。二人の部隊の中隊長が戦死し、部隊が今南方で奮闘しているのに、のこのこと現れてきた近藤らに憤っていた。退院したあと今まで何をしていたと叱責した。二人は神妙な面持ちでうなだれるより仕方なかった。言い訳は出来なかった。その時、突然曹長は話題を変えた。「山田、お前は何で入院していた」。「はあ、性病であります」。「馬鹿奴が」。一喝したあと、二人はニヤリとした。それまでの張りつめていた緊張が解けた。曹長は次に近藤に呼びかけた。「では、お前は」。「胸部疾患であります」。曹長は机の書類に眼を落とした。近藤を大学出の知識階級の兵だと気づいたようであった。どことなく取っ付きにくい奴と感じたようであった。しばらく書類綴を読んでいた曹長は、二人に黄浦江の埠頭に停泊している御用船に乗るよう指示を出した。そして、原隊追及は軍紀だからと言いながら、体に留意するよう労りの言葉を付け加えた。二人は司令部を出て、旧式の御用船に乗り込んだ。十二月の寒風が吹き抜ける寒い日であった。

御用船の船艙には、野戦郵便局の軍属の一行が横たわっていた。彼らもこれから新しい戦場に向かうと告げられていた。夕暮れになり船は出航した。それから間もなくして、船内の拡声器が全員甲板に集合するよう命令を出した。何事かと甲板に出た兵たちの顔に氷雨が降り注いだ。遠ざかっていく上海の街の灯りが見えた。御用船は速力を落とした。その時、「英霊船に敬礼」と叫ぶ号令が響いた。戦場の兵の遺骨を祖国に運ぶ英霊船が航行するのが見えた。行き過ぎる時、二つの船は汽笛を鳴らし交わした。哀調を帯びた物悲しい音であった。御用船は再び速力を増し、揚子江の河口を出た。この時の様子を近藤は次のように詠い留めている。

幕たれて英霊船の過ぐるまを舳先にありて兵かたまりぬ
今宵救命胴衣抱きて寝よと伝ふ帰還する軍属追求の兵
戦況ニウス伝ふ船艙に寝乱れて靴下の足みだらに匂ふ

一首目。英霊船は黒白の天幕を四方に垂れていた。吹き狂う雨と風で幕がふくれ上がって、鳥の羽根を広げたように見えた。異国に果て、祖国に帰ることの叶わなかった兵たちの遺骨箱を見たとき、近藤は言いようのない空しさに襲われた。他の兵たちも同様であったろう。二首目。敵の潜水艦の魚雷をいつ浴びるか分からない危険があった。その場合には、救命胴衣だけが生き残る手段であった。寝ている間に襲撃されるかもしれないのである。原隊追及の軍属の兵が、救命胴衣をつけて寝るよう触れて回った。三首目。船艙ではラジオが連戦連勝のニュースを伝えていた。高揚した気分で寝入る兵たちの汗臭い靴下の匂いが鼻をついた。

御用船は連日嵐めいた雨の中を進んだ。悪天候が続いていた。潜水艦の攻撃を避けるため、船は進路を左右に変えてゆっくりと航行した。その航海の間、近藤は三十八度近い熱を出し血痰を吐き続けた。血痰が出たのはこの時が初めてであった。震える体を雨外套にくるまり横たわっていた。周りでは野戦郵便局の軍属らが、「イノシカチョウ」「アオタン」などと大声を張り上げながら、朝から晩まで花札の賭け事を繰り返していた。誰もが自暴自棄の気分であった。誰も船の行く先を知らなかった。皆、不安を抱いていた。兵たちは、日に幾度か交代で甲板に哨戒に立った。甲板には、数隻の機帆船がロープに縛られて積み込まれていた。その小さな船の中には、一人一人の老人の船員が寝起きしていた。自分の持ち船と一緒に徴用された漁師たちであった。彼らはその中で自炊するため、七輪の炭火を起こしたりしていた。

後方甲板に搭載されし機船の中自炊して老いし軍属の住む

カーキ色の軍服を着た老人たちも、命令のまま戦場へ送られていくのである。他の兵たちと別に起居する彼らの姿は、見ていてしのびないものがあった。

何日か過ぎた朝、霧が晴れて行く手の遠くに陸地が見えた。常緑樹が鬱蒼と茂る岬であり、岬の傾斜には一面白い墓石が並び立っていた。日本の陸地だった。御用船は九州の西端の海を航行していた。日本に向かっていたとは思いがけないことであった。関門海峡に入った御用船は、間もなく宇品の沖の似島に停泊した。島に上陸したあと、近藤と山田上等兵は検疫を受け消毒を済ませた。そこで軍属らの一行と別れた二人は、島から宇品に渡った。宇品の司令部に出頭して指示を受けなければならなかった。出頭してきた二人に、船舶司令部の下士官たちは当惑した。この開戦直後の慌ただしい時に姿を現した二人の落伍兵の処置などにかまっていられなかった。二人は昼まで待たされたあと、山口県の柳井にある船舶兵連隊に行くよう指示を受けた。柳井の連隊は、前線にいる近藤らの部隊の留守隊になっていたからである。

こうして二人は宇品から広島駅に向かった。途中で車内に広島高校の学生たちが乗り込んできた。下駄をはき、マントを羽織った彼らの姿を見て、昔の級友たちの事が思い出された。啄木を口遊んでいた奴、レーニンを語っていた奴、急になつかしさが込み上げてきた。学生たちに声をかけようと思ったが、息を吞んで思いとどまった。自分は彼らの世界とは遠い、地獄に生きる人間なのだ。戦場から帰ってきたばかりの血なまぐさい兵なのだという気持ちが、衝動を制した。だが、車窓から広島の街を見ているうち、急に思いついて広島駅の二つ手前で下車した。叔母に会いたくなったのだった。久しぶりに会う叔母は、近藤を見て涙を浮かべた。叔母は「年子さんに報せたの」と尋ねた。近藤は報せないつもりだった。自分がさらに南方へ行く身であり、報せる事は年子に新たな悲しみを抱かせるだけだと思ったからである。山田上等兵が一緒であり公務中の身であることを考えて、近藤はそそくさと叔母の家を辞した。

山陽線の柳井駅に着いた二人は船舶兵連隊に出頭した。出迎えた人事係の軍曹は、かつての快活な北村班長であった。だが戦死した中隊長の小発に乗っていて機雷に触れ、吹き飛ばされて重傷を負った。その舟艇のただ一人の生き残りであった。眼は義眼となり、歯は総入れ歯となって人相が変わっていた。彼はなつかしさから声をかけようとする近藤ら二人に何の関心も示さない、無表情な下士官となっていた。近藤らは内務班に仮に配置され、出発の命令を待つことになった。だが、翌日近藤は血痰を吐いて医務室に収容された。「こんな体でよく退院したものだ」と、大学を出たばかりの軍医が叱責するかのように言った。兵営から離れて建っている医務室の一人部屋の休養室に、近藤は何時間も眠り続けた。

四　妻との再会

近藤は山口県の柳井市にある船舶兵連隊から内務班に配置され、その医務室で三日間ほど療養した。医務室に療養が決まった翌日、思いがけない面会者があった。妻の年子であった。新潟の実家で腹膜炎の療養をしていた筈であったが、叔母の電報を受けて急いで駆けつけて来たのだった。傍らに大きな体をした近藤の伯父が付き添っていた。母のすぐ下の妹の夫である。

アメリカで財をなして帰っていた。伯父は二人のために気を利かせて席を外した。面会所には二人の他には誰も居なかった。年子はワンピース姿で、やや大きめのバスケットを提げていた。年子は白木のテーブルの上に手作りの菓子やサンドイッチを取り出して広げた。近藤がサンドイッチの好きな事を知っていた。「昨日の朝、あなたがお帰りになる夢を見たの。そしたら夕方に叔母様から電報をもらったのよ。不思議でしょ」。「東京に又住めるようになったら、お庭に柊南天をいっぱい植えましょうよ」。年子は近藤に余計な心配事はさせまいとした。二人の東京での生活はたった半月ほどであったけれど、年子は近藤に将来の楽しい暮らしを思い起こそうとした。近藤は戦場の事は語らなかった。年子に不安を抱かせまいとした。ましてこれから向かう戦地の事など喋りはしなかった。年子は、二人でまた東京に暮らせると信じているのだ。その気持ちを大事にしたいと思った。いつしか夕暮れとなり、年子は伯父に抱きかかえられるようにして帰っていった。人一人いない営庭に上陸艇のエンジンの音が空しく響いていた。

近藤と山田上等兵は翌日、宇品の船舶司令部に向かうよう命令された。柳井連隊を出るとき、医務室の見習い軍医が宇品の船舶司令部に宛てた一通の手紙を診断書に添えてくれた。こうしてその日の午後、宇品の司令部に戻ってきたのである。司令部に行くと、乗船の指示があるまで兵站宿舎で待機するように受付の若い士官から言われた。その士官がそそくさと席を立って歩き出そうとした時、山田上等兵がその背に向かって「こいつは病気なんであります。副官殿」と呼び止めた。振り返った士官に、山田上等兵は近藤が結核であること、上海から血痰を吐き続けていたことを懸命に告げた。近藤の身体が軍務に耐えられるものではないと見かねた、必死の山田上等兵の訴えであった。若い士官は戸惑ったようであったが、「医務室に連れて行け」と言って部屋を出て行った。近藤は山田上等兵に伴われて、兵站の外れにある医務室に入った。近藤が入っていったとき、一人の下士官が上半身裸になって軍医の診察を受けていた。その下士官は、明らかに仮病と分かる嘘をついていた。入れ替わりに近藤の診察となった。近藤は柳井の見習い軍医の手紙を差し出した。軍医は手紙を一読した。不機嫌な顔になった。「俺にどうしろと言うんだ」と呟いた。近藤は通り一編の診察を受け、粉薬をもらった。それは単なる解熱剤にすぎないことを近藤は気付いていた。その夜は宇品の兵站宿舎に泊まった。明くる日、医務室に立ち寄り軍医に注射を打ってもらった。昼過ぎには妻が再び面会に来た。両親のいる新潟には帰らず、先日一緒に来た伯父の家に泊まっていたのである。その時の事を近藤は歌に留めている。

妹といつはり逢ひに来《きた》りしが面会所の中にあはれなりにき

妻だと言って面会に来るのは、兵隊たちの手前はばかられた。この非常時に夫婦の愛情を周囲に知られるのは、それこそ「たるんでいる」と受け取られた。年子は妹だと偽って会いに来たのである。それにしても年子は身なりも所作も少女のようなところがあり、周囲には本当の兄妹のように見えた。それがまた哀れであった。

たはやすく生死のことを口にせり人は見む稚き兄と妹

兵士であるがゆえに、また原隊追及の途上にあるゆえに、戦死することもあるかもしれないと思わず口に出してしまった。いつ果てるともない戦争の渦中で、生命は軽く扱われていた。そんな生き死にの会話をしている二人を、兵站にいる兵士たちは若い兄と妹だと信じているに違いない。

提げて来し其の手づくりをひろぐれば吾が隅ばかりあはれ華やぐ

年子は手作りのサンドイッチや菓子などをテーブルの上にひろげた。今日がクリスマスであることを近藤に告げた。長い軍隊の生活の中で、クリスマスの事を近藤はすっかり忘れていた。面会所には幾組かの面会者がいたが、近藤のテーブルだけは華やいで見えたことだろう。

知らざる街に妻を帰せる面会所炭火を消して一人のこれり

夕暮れが近づいてきた。近藤は年子を促して帰らせた。今夜も年子は伯父夫婦の家に帰ってゆく。この広島は年子にとっては初めての土地であった。この馴染みのうすい街に、年子は孤独な思いをしているだろう。年子が帰ったあと、そんな事をおもいながら暖をとっていた火鉢の炭を消すのだった。

以上の歌は『吾ら兵なりし日に』の中の歌である。この面会の様子は『早春歌』の中にも歌い収められている。

新しき戦場にてはいらざらむよごれし真綿妻につつます
やや青くうなづきてばかり居る妻よパーマネントがいたく乾けり
独逸語を学べと言へば楽しみて帰り行きしかな其の父のもとへ

一首目。別れ際に、千人針の腹巻など汚れた冬物の下着を年子に持たせた。自分はこれから南方の戦場へ行く身である。余計な物は今のうちに整理しておこうと思った。二首目。面会時間も過ぎようとしていた。別れの時が近づいていた。年子はただ近藤の言うことに頷くばかりだった。これから向かう戦場の事を想うと、言うべき言葉も見つからなかった。その病気がちな妻のパーマネントの髪に艶がないのが気にかかった。三首目。近藤は年子にドイツ語を学ぶように勧めた。体の弱い年子にとって、医学の知識が備わっていることは有益なはずである。

年子は目の前の目標を与えられたようで、気を取り直して新潟の両親の元へ帰っていった。
それから三日目の事であろうか。司令部の埠頭に御用船に乗るための兵士たちが集められていた。その日、山田上等兵に乗船の命令が下った。山田は名残を惜しみながら、近藤に別れを告げた。近藤は兵站に残されることになった。兵站宿舎には兵たちはほとんどいなくなった。近藤は彼らの残していった古新聞を手に取って読んだ。新聞は戦争の勝利を報じる記事で埋め尽くされていた。現在はマレー半島やフィリピンを進軍中という。その記事の中に、自分の部隊の将校の名があった。戦死の記事であった。

或る日見出す吾の部隊の名なれども地図にさがせばマットに戻る
一斉に艇は突入に入ると記すああその青き信号を吾ら習へり

自分のいた部隊の名を新聞に見て、それがどこか地図で捜した。しかし、その戦いの状況を思うといたたまれなくなり、ベッドに戻った。舟艇の上陸作戦が始まったとある。私も進めという青い手旗信号を教わっていたのだ。その突入の部隊の中に自分がいたかもしれなかったのだ。この時、近藤は運命というものをつくづく思うのだった。

五　三滝陸軍病院にて

宇品の船舶司令部の兵站宿舎で近藤は年を越した。一九四二年の正月を迎えた。一月二日にはマニラ入城が伝えられた。街にはラジオからけたたましく軍楽が流れていた。その日、近藤は結核療養所である三滝の陸軍病院に収容されることとなった。三滝は広島市の西北郊外である。こうして宇品の船舶司令部を出る事になったが、入院に際して衛生兵の付き添いもなく、一人で三滝に向かった。宇品から市電を使い終点の白島に着いた時、急に面会に来てくれたアメリカ帰りの伯父の家に立ち寄ろうと思った。見張りの兵がいるわけでもなかった。病院に入る前に、伯父に一目会っておこうと思ったのである。中心街を外れると、人影もなく静かであった。近藤は足を急がせながら、自分が何かから逃れる逃亡者のような気がしてきた。軍隊という巨大な闇のような組織に属している者にとっては、どこに居ても何をしていても、自分の意識に影のようにつきまとってくる恐怖に似た感情であった。

伯父の家は小さな借家であった。だが、アメリカから持ち帰った豪華な家具が並んでいた。突然の近藤の来訪を伯父夫婦は喜んで迎えた。そして、そこには新潟へ帰っているものと思っていた年子がいた。まだ近藤に面会に行くつもりでいたのである。近藤のいる広島を出てしまうことはどうしても出来なかった。伯父夫婦は近藤と年子を同じソファに座らせた。伯母は近藤のためにパンを用意し、銀色の食器に精一杯の料理を作って夕餉とした。伯父はウィスキーに酔うと、この戦争が勝ち目のない戦争であることを語り出した。アメリカに生活していた伯父は、アメリカの国力とりわけ日本の何十倍もの工業力のことをまくしたてた。そのような伯父は、帰国してから危険な自由主義者として憲兵の監視の対象となっていた。その夜、近藤は伯父の家に泊まった。伯父夫婦は近藤と年子のために、自分たちのベッドを譲ってくれた。近藤は久しぶりに年子を抱いて寝た。ひと時の甘美な夜であった。翌朝、近藤は三滝の病院に向かった。入院中の自分の昨夜の妻との行為は、兵隊として許されない戦線離脱の重罪であった。決して口に出してはいけないことであり、秘密にしなければならない行為であった。こうして再び病床の兵となった。

三滝陸軍病院は松林の外れの斜面にあった。南に面しているため陽光の射しこむ明るい病室の木造病棟であった。窓からは前庭の芝生と梅の木が見えた。毎日眠り続ける安静の日が続いた。だが、生きて還ってきた喜びが実感できるようになった。二月には、シンガポール陥落のニュースが入ってきた。もう戦場に戻ることのないであろう自分にとっては、遠い出来事のように思われた。いつの間にか前庭の芝が緑がかってきた。日向にはあちこち星のように小花が咲きだしていた。自分は今、戦地で夢に見続けた早春の祖国にいるのだ、という感慨に捉われた。この病院での短歌に次のような作品がある。

　カルキの粉隙間隙間に固まれる手箱もらへば私物整ふ

戦線の日を想ふとき出づる涙あはれ贖罪のあとの思ひに
兵の中に兵なることを何故に恥ぢて城戸軍医にも吾が名告げざりき
やや阿諛多き兵の友なれどしばらくを吾が病室に居て羅馬字習ふ

一首目。病院から貸与された木箱は私物を入れるものであった。隅といわず板と板の隙間には虫除けのカルキの粉が固まっていた。病院では背嚢や水筒などは使うこともなかった。そういう物を仕舞うとき、言い難い感情に捉われるのだった。二首目。かつての母隊は南方戦場の島々で敵前上陸戦を続けているという。それを思うと涙が湧いてきた。自分は今こうして病の身にあり、生命の危険など全くないところに療養している。しかも、妻と一夜を共にする喜びさえ味わった。仲間に対して贖罪のようなものを意識した。三首目。城戸軍医は近藤の顔見知りであったようだ。おそらく広島高校の同窓生であったのだろう。自分が戦線から脱落したことを恥じて、診察の時に自分の名を言い出さなかったのであろう。四首目。阿諛とはおべっかである。そのようなお調子者の同病兵ではあるが、近藤の病室によく入ってきてローマ字を懸命に習った。多分農兵であったのだろう。その頃近藤は同病兵から「先生」と仇名で呼ばれていた。

そんな或る日、入院の事は誰にも言っていなかったのに、中学時代の英語の恩師が見舞いに来た。そういえば軍医は同窓生であった。そこらあたりから連絡が入ったのであろう。恩師は戦争の話は一切しなかったが、新刊書や文学の事を熱っぽく語った。そして枕元に岩波文庫の子規句集を置いていった。帰り際に、近藤の高校時代の旧友である大島侃が近いうちに帰郷するらしいと伝えてくれた。大島侃は高校、大学と学生生活を共にした友人であった。浜野啓一と三人で岩波文庫版の『空想より科学へ』など社会科学の本の読書会をしていた頃を思い出した。その大島とは彼が大学時代に胸を患って帰郷して以来、会っていなかった。

その大島が、三月の初めに訪ねて来た。大島は近藤の顔を見るなり「浜野啓一が戦死したのだ」と開口一番に言った。近藤は大島を病院の前庭に連れ出し、芝生に腰を下ろした。そして学生生活の思い出や広島高校の旧友たちの事を語り合った。話は浜野啓一の事になっていった。浜野は労働者の住宅問題、つまりスラムの改良に自分たちの学問の意義を向けた仲間だった。浜野がいたからこそ、近藤は卒業論文のテーマにスラムを取り上げたのだった。それほど多くの影響を近藤に与えていた。大島の言うところによると、浜野は日中戦争の勃発の頃からファシズムを信奉するようになり、卒業時には国家主義者と交わっていたという。そして、太平洋戦争が始まると海軍の宣伝工作隊に加わり、ジャワ島の敵前上陸の際に戦死したという。二人は浜野の死の事を語り合いながら、自分たちの生きる意味をあらためて考えた。大島も近藤も、今生きていくことは戦争のあとに来る時代のために耐え抜くことだと思った。戦争の後にどのような時代が来るか想像もつかなかったが、今はただこの戦争が終わるまで耐え抜くことだと思った。そして、戦争の終わったあとに、自分たちの命を尽くす時代があるような気がしていた。そんな事を話したあと、大島は帰っていった。だが、再び見舞いに来ることは無かった。結核で亡くなったのだった。この病院に入院中、近藤には次のような歌もある。

戦ひに病みて帰れば物乏しき街々よ弱き妻思ふかも

病室の中に先生と仇名され窓拭くときに窓ふきに立つ

一首目。戦線から日本に帰ってみると、いたるところで物資の欠乏を知るのであった。街にはどの店でも必需品でさえもが品数の少なさが目についた。それにつけても、病弱の妻には栄養のあるものを手に入れてやりたかった。二首目。近藤は病室で目立たぬように本を読んでいた。それでも同病兵たちは近藤の学識に気付いていた。それゆえ「先生」と仇名がついた。だからこそ病室の窓拭きの時間には率先して窓を拭き、インテリぶらないようにした。

大島が帰ってからしばらくして、裏山にこぶしの花が咲き出した。近藤にとっては春の息づきを聞くような、安らかな病床の日々であった。こうして三月の終わりに事故退院の命令を受け、三滝陸軍病院を出た。そして、病院下番の兵として再び柳井の留守隊に戻った。軍の病院を事故退院した者はいったん原隊に送られ、そこで召集解除の命令を待つことになっていたからである。

Ⅳ 曠野

第一章　東　京

一　除隊

一九四二年五月、近藤は除隊となった。召集解除であり、兵役から解放された。長く感じられた軍務であった。近藤の兵営での歌、すなわち歌集『吾ら兵なりし日に』の作品は次の四首で閉じられる。

　ことともなく営庭の空夕焼けて対空哨へ食事をはこぶ

夕焼けの空を見ながら、近藤は営庭にある対空哨に食事を運んだ。四月には米軍機が東京上空に現れていた。そのため、柳井にも対空砲が据えられていた。だが、人々は戦局の行方に楽観的であった。

起されて夜半の雨に出で征《ゆ》くかしばらくあれば点呼きこゆる

起床喇叭とともに連隊の若い兵たちが起こされて、これから南方の前線に出てゆく。兵たちの点呼の声を、残留する近藤はどのように聞いたであろうか。

南《みんなみ》に勝ち勝つ兵をこの兵と思ひて送る戦帽を着馴れず

南方に征くこの兵たちが勝って生きて帰ってほしい。そう思いながら隊列を見送った。まだ少年のような顔つきの若い兵もいれば、慌ただしく駆り出された老兵もいる。まだ戦闘帽の被り方がぎごちなかった。

戦友を野戦にやるを泣きてをり熱に臥すひとりの吾のかたはら

野戦に送り出されてゆく戦友のことを嘆き悲しむ兵が、結核の熱のため寝ている近藤の側で泣いている。友人のことを思うこの兵士に、近藤は慰めの言葉を知らなかった。自分は病気のためまもなく除隊となる身であり、戦地で死ぬことはない。しかし、この兵の友人は今死地に赴こうとしているのだ。その深い悲しみを慰撫することは誰もできないだろう。この連隊にいる間、近藤は南方に向かう多くの将兵を見送った。除隊となる日まで、近藤は仲間に対して慚愧に絶えない自分と向き合っていた。

除隊となった朝、留守隊の士官や古年次兵たちが見送ってくれた。そして、その足で広島市内の伯父の家に行き、軍服を脱いだ。この時、近藤は安堵したことはした。しかし、軍隊という目に見えない檻のような巨大な組織の中に身を置いた者にとっては、いつも誰かに追いかけられているような思いがするのであった。自分が何か罪を犯し、何者かから逃れようとする逃亡者の意識であった。それは近藤に限らないであろう。兵士であった者が抱く、言いようのない不安な心の闇である。怯えとも言えよう。その思いは戦後二十年経った時にも、執拗に絡みついていた。一九六五年に次のような近藤のよく知られた歌がある。

森くらくからまる網を逃れのがれひとつまぼろしの吾の黒豹

この歌の中にある「網」が軍隊のものであると解釈できよう。「黒豹」は近藤の兵士としての姿とも言える。

翌日、国民服姿となった近藤は、両親のいる朝鮮の京城に向かった。父は朝鮮銀行の重役となって京城に移り住んでいた。この朝鮮銀行とはどのような銀行であったのだろうか。その前身は一九〇九年（明治四十二年）十月に設立された韓国銀行である。韓国併合に伴い、一九一一年八月に朝鮮銀行と改称された。朝鮮銀行は、朝鮮の中央銀行として兌換券としての朝鮮銀行券を発行した。「朝鮮銀行法案」の帝国議会の審議でこのことが取り上げられた。「同一帝国領土内に二個の中央銀行を設け二様の銀行券を流通せしめるのは不便を生ずるのではないか」と。これに対して政府委員は、「朝鮮の経済状態に異変が生じても、日本の銀行に影響を及ぼさないためである」と答えている。これは結果的に内地経済圏擁護のための一つの緩衝的効果を果たした。朝鮮銀行は京城に本店を置き、半島内に支店を置いただけでなく、半島外にも拡大を続けた。一九一三年（大正二年）五月、寺内総督は朝鮮銀行に満州進出を命じ、七月に奉天、八月に大連、九月に長春に朝鮮銀行の出張所が開設され、朝鮮銀行券の満州での流通も事実上公認された。このように朝鮮銀行は、経済の面から満州を占領する尖兵の役割を果たした。朝鮮銀行は通算すると朝鮮国内に京城以下二十四店、中国国内に四十店、日本国内に九店、その他満州、シベリア、ニューヨーク出張所とロンドン派遣員事務所を含めて一〇九店をも展開した一大銀行となった。日本の軍隊の支出には、朝鮮、台湾、満州を含めて、それぞれ現地通貨が用いられたから、その分だけ日銀券の増発は抑えられた。これによって、終戦時に日本経済が絶望的な破局に陥ることは回避されることになった。

したがって、近藤は朝鮮の支配に関わる日本の統治者の側に立つ家族の一員であったと言うことができる。しかし、すでに述べてきたが、近藤は竜岩浦での建設工事に従事していた時の様子からも分かるように、朝鮮の民衆に真摯な態度で接していた。両親が住んでいたのは郊外の煉瓦造りの社宅であった。そこに弟と妹が一緒に住んでいた。弟は東京から帰っていた。近藤は自分の部屋を与えられ、そこで療養することになった。部屋からは、ちょうど咲き出した躑躅やライラックを見ることができた。この頃日本はミッドウェー海戦で連合艦隊の主力が壊滅的な大打撃を受けている。一九四二年六月のことである。以後日本は制海権、制空権を失い、戦局は不利になってゆく。だが、国民は日本の最初の敗北の真実をまだ知らなかった。

夏になって近藤は高熱を出し、京城の病院に入院した。絶対安静であった。そのころ、日本のガダルカナルでの攻防戦が伝えられた。そのことを遠い出来事のように聞きながら、秋となって退院した。再び自宅療養の生活が始まった。寂しさ、孤独、不安そんな生活の中で、しみじみと両親に縋りたい気持ちになった。寂しさを紛らすためにカナリアを部屋に飼った。このころの近藤に次のような歌がある。

孤独なる性《さが》に互ひに育ちしが妹は女ゆゑあはれなり
いつの間にか出でて映画に行きたらむ父を夕餉に吾らは待たず
侘しわびし体温計を又わりて半紙の上に置きならべをり
病室に入り来し父がしばし居て妻の写真を枕べにかざる
山鳩には何か孤独の影そへりたぐいて池に来る事あれど

一首目。近藤は母親についての作品をほとんど残していない。母と子の間の愛情が浅かったのではないかと勘繰ってしまう。母親は子供には放任の姿勢だったのであろうか。それ故か近藤も妹も孤独な子供時代を送ったのであろう。自分は男だから独力で生きてゆく他はないが、妹は女であるから将来母の愛情を必要とするときが来るであろう。それを思うと可哀そうな気がする。四首目。近藤の病臥している部屋に父が入ってきて、しばらく話をした。それから年子の写真を持ってきて、枕辺に立ててくれた。父親は寡黙な母の代わりに、近藤の寂しさを慰めようとしていた。五首目。庭に飛んできて遊んでいる山鳩には、何故か孤独の影があるように思えた。それは近藤自身の心の反映でもあったろう。二羽並んで池にやってくる時でも孤独に思えた。それは近藤と年子の今の立場を想像していたからであろうか。

そのような日に、新潟から妻の年子が京城の家にやって来た。

二　久しぶりの東京

京城の家にやって来た妻は腹膜炎を病んだ後、まだ本当の健康な体に回復していたわけではなかった。お互いにいたわり合うような日々であった。そうした二人にいつか朝鮮の長く厳しい冬が訪れていた。一九四三年二月、日本はガダルカナル島で敗北した。同じ頃、ヨーロッパ戦線ではスターリングラードでドイツ軍がソ連軍に降伏し、連合国の総反撃が始まっていた。

きれぎれに伝わる外電を耳にしながらも、近藤には歴史の流れをまだ感じ取ることはできなかった。この間、病臥していた近藤に二度目の赤紙が来た。令状に指定された集合地に車で出向いたが、軍医の診断の結果すぐに帰郷を言い渡された。この頃の近藤に次のような歌がある。

　吾は吾一人の行きつきし解釈にこの戦ひの中に死ぬべし
　妻の写真持ちて行かむをためらへり奉公袋ととのへ終へし夜半

一首目。もし召集されることになったら、自分は自分なりにこの戦争で死ぬことを肯う。この戦争の性格が自分の思想の上から少なからぬ疑問があろうとも、悩み思いめぐらした末の覚悟であると自分に言い聞かせた。二首目。妻が召集に際して奉公袋を作ってくれた。奉公袋に必要な物を入れたが、妻の写真も持って行こうかどうか迷っている。召集が決まったら、戦地では里心を起こすような物など邪魔になると思ったからである。ここで言う写真とは、近藤が戦後も練馬向山の自宅の書斎の机に飾り、そしてその後の成城のケアマンションに飾っていた金剛山歌会での出会いの時の写真であろう。

こうして、療養の生活を今までどおり家で続けることになった。その甲斐あって、近藤の病状は快方に向かった。

街の煤は枯芝の上に降りてをりベンチに脈をしづめて帰る
白々といちごの花の昏れ残り妻はほしいままに夕空あふぐ
カナリヤの籠にむかひて椅子があり明るき午後に吾はめざめぬ

このように妻との静かな一日があった。戦地から還っての穏やかな日常があった。近藤の視線も枯芝やいちごの花や鳥籠に向かっている。精神的にも安定した日々があった。そんな或る日に京城の街の書店に入った。そこで一冊の詩集を目にした。それは思いもかけない大学時代の文芸部の友人の詩集であった。その友人は、近藤がスラムの事を論じた時、「君はスラムの事を本当に知っているのか」と問いただした下町育ちの学生であった。ページを繰ると従軍詩集であった。中国奥地を転戦した後、南方の前線に行ったことが知れた。詩の一節に、掬おうとしてもこぼれてしまう人間同士の情愛があり、祖国への望郷の思いがあった。彼も一人の無名の兵として戦争の中に生きようとしていたのだった。近藤はこの詩集を読んで、学生時代の事を思い、東京の事を思った。九月、イタリアの新政府であるバドリオ政権が無条件降伏した。近藤は歴史が移り変わっている事を深く感じ取った。いても立ってもいられなくなった。そして、上京の決心をした。病状も治まっていた。

こうして秋の深まった十月、近藤は京城駅を発った。妻を残しての単身の上京であった。久しぶりの東京に着いたのは夜であった。灯火管制が敷かれていて街は暗かった。第一ホテルに宿をとった。翌日、真っ先にアララギ発行所を訪ねた。土屋文明がただ一人黙々と校正の仕事を続けていた。突然の訪問にも、文明は驚いた顔をしなかった。弟子たちの安否を文明は気にかけていて、その動静をすでに摑んでいたに違いなかった。自分に向けたその笑顔を見て、近藤は何故か心の落ち着きを覚えた。他には誰もいなかった。発行所に出入りしていた青年たちは皆出征してしまっていた。文明との会話の中で、相沢正が出征したことも知った。ホテルに戻ると学生時代の吉野光雄から電話がかかってきた。建築学について近藤が思い悩んでいる時に、バウハウスの運動を紹介する塾の存在を教えてくれた友人である。ホテルのロビーで会った二人は銀座へ飲みに行った。酒場を見つけるのに苦労するほど店は無くなっていた。飲みながら話しているうちに、吉野がすでに結婚して父親となっていることを知った。大学新聞の編集をしていたマルキストは、スマトラ島へ航空基地の建設技師として渡ったという。また、文芸部の詩人だった仲間は、インドネシアのどこかの島に軍関係の技師として働いているという。そして吉野自身は、明日セレベス島へ製油所の工事のため飛行機で発つという。吉野は「この戦争を信じて死ぬことのできないインテリは、不安が逆に戦場へ情熱を駆り立てるんだろうな」と呟いた。また、「お前は戦場に行った。戦争に行かない技師である俺たちには近藤の内面は知ることができない」とも言った。そして吉野は、戦地で蕪村句集を持って行きたいから買ってきてくれないかと頼んだ。翌日、近藤は神田の古書店で見つけた蕪村句集を手渡し、出発を見送った。

このように、それぞれが自分の能力を戦争で役立てたいと自分を納得させていた。当時のインテリの出征兵士たちは、どのような心境で戦争に赴いたのであろうか。その一端を『きけわだつみのこえ』（岩波文庫）から紹介したい。「僕は戦の庭に出ることも自分に与えられた光栄ある任務であると思っている。現下の日本に生きる青年としてこの世界史の創造の機会に参画できることは光栄の至りであると思う。我々は死物狂い与えられた任務としての経済学を研究してきた。この道を選んだ義務であるからだ。その上、体力に恵まれ、活動能力を人並み以上に授かった自分として、身を国のために捧げ得る幸福なる義務をも有しているのだ。二つながらに崇高な任務であると思う。戦の性格が反動であるか否かは知らぬ。ただ義務や責任は課せられるのであり、それを果たすことのみが我々の目標なのである。全力を尽くしたいと思う」（佐々木八郎）。佐々木は一高から東京帝大経済学部に入学した経済学徒であり、『資本論』やロシア革命史などの本も読んでいた。そして、資本主義のエトス（社会集団の慣習）に別れを告げ、新しいエトスに導かれて、これから作り上げるべき社会像を描きたいとも記していた。一九四五年四月、沖縄海上で特攻隊員として戦死した。二十二歳であった。他方、割り切れぬ思いを抱いて戦線に向かった者もいた。「一体私は陛下のために銃をとるのであろうか。あるいは祖国のために（観念上の）、またあるいは私にとって疑い切れぬ肉親の愛のために、さらに常に私の故郷であった日本の自然のために、あるいはこれら全部または一部のためにであろうか。しかし今の私にはこれらのために自己の死を賭するという事が解決されないでいるのである」（菊山裕生）。菊山は三重県出身。三高を経て東京帝大法学部に入学した。一九四五年四月ルソン島にて戦死。二十三歳であった。この『きけわだつみのこえ』の後書きに小田切秀雄が書いているように、学生出身者は人間的感情の深い呻きや渇きを、文字に表現するだけの知的準備と、多少のゆとりをもっていた。同時に、ついに表現する機会もなく、方法も知らずに、型どおりの言葉だけを残して死んでいった無数の将兵の代弁ともなっているのである。

吉野を見送った明くる日、大岡山の大学に行った。大学はすっかり変わっていた。校庭は掘り返されて防空壕があり、学生たちはカーキ色の上着に巻脚絆という恰好であった。新聞部の部室にも、「大東亜建設」などのビラが貼られていた。この頃の近藤に次のような歌がある。

窓一つ露にぬるる夜いねむとす吾に放恣の性あらざりき

何事にも自制してしまう自分の性格を近藤は自覚していた。

三　本土空襲

近藤の上京後、半月ほどして年子も東京に出て来た。二人は西武鉄道の東伏見駅の近くに小さな家を借りて住んだ。そこから近藤は清水組の会社に通勤し、会社の六階の設計室で図面を画く仕事に従事した。若い社員たちは召集されていて、残っているのは老人の技師ばかりであった。東京はほとんど建築の工事もなく、設計らしい仕事もなかった。昼は妻が作ってくれた弁当を食べた。時々体調が悪いという口実で、東伏見の家に早く帰ることもあった。一方、年子は野菜畑に大根や白菜を作り、自転車を借りては田無の農場まで出かけて山羊の乳を買って来たりしていた。迫りくる空襲の前の束の間の平安な時であった。このころの近藤に次のような作品がある。

写図一つなせるばかりに吾は立つ吾が窓のかど風切りてをり
いつしかに夕ぐれてあり部屋の一人螺子を落ししと床を掃く
部屋深くさし居し夕日消え行けば手を冷し来て夜業にむかふ
淡々と野菜の皿に蚊は寄りて妻と二人の食事を終ふる

近藤が設計の仕事に打ち込んでいる様子が伝わってくる。暗く重苦しい戦況の続く日本であったが、そうした外界の沈鬱さを払いのけるかのように製図に取り組んだ。まるで国の危機的状況とは関わりのないかのように仕事に没頭した。そして家に帰れば妻が夕食の支度をして待っていた。戦地から戻った近藤にとってほんのひと時であったが、静かな日が続いた。
一九四四年（昭和十九年）七月七日、サイパン島の日本軍が玉砕した。サイパンが占領されれば日本本土の空襲は避けられなかった。東条内閣は総辞職し、陸軍大将小磯國昭が後を継いだ。アメリカ軍の包囲網が迫っていた。土屋文明が陸軍省報道部臨時嘱託として中国大陸の前線視察の旅に発ったのはちょうどサイパン陥落の前日であった。五十五歳の文明は七月六日の夜、斎藤茂吉の発声による「万歳」の声に送られて東京駅を発った。その見送りの中に近藤や小暮政次ら数人の門人がいた。文明は国民服に巻脚絆、リュックサックの旅装に身を固めていた。石川信雄、および俳人の加藤楸邨が同行した。文明らは朝鮮を経て北京に向かった。北京に到着した時の文明に次のような歌がある。

紫禁城を除きて大方《おほかた》木立しげり青吹く風に楼門《ろうもん》浮かぶ
城門より遥《はる》かにしてなびく煙《けぶり》一つ風は通州《つうしゅう》に到るなるべし

広い中国の大地に驚いたかのような北京の描写である。戦争中であるにもかかわらず、意外と静かなたたずまいが印象に残ったようである。そして内蒙古を巡ったあと、黄河に到る。

ほこり立て羊群《ひつじむれ》うつる草原《くさはら》あり黄河の方はやや低く見ゆ
箱舟に袋も豚も投げ入れて落ちたる豚は黄河を泳《およ》ぐ

風景の遠大さをそのまま壮大な作品として描写している。文明が広大な大陸の風景に感嘆している様子が目に浮かんでくる。文明は八月二十八日に南京に着いた。そこから更に漢江に向かおうと考えていた。応召し、一兵士としてその地にいる若い門人である相沢正に会えるかもしれないと思ったからである。相沢正は彼の法政大学での教え子の一人であった。

衡陽に進める軍のさまきけば相沢正幸《さき》くあれ真幸《まさき》かれ

しかし、日本軍の作戦による兵力の移動が始まったため、漢江に行くことはできなかった。実は、この頃相沢正は前線のどこかの野戦病院で死んでいたのである。その報せを聞いたのは、途中の天津に着いたころである。

思ひつつ朝《あした》渡りし水上にすでになかりしかああ相沢正

この天津からさらに三度の南京入りをしている。大東亜文学者大会に出席することを要請されたからである。

文に立つ者の心は鋭《するど》ければはばからず言ひ言ひて理解《りかい》する

こうして文明は十二月十七日に長い前線の旅から帰ってきた。中国視察旅行中の作品は『韮菁集』としてまとめられた。日本では、サイパン島からのB29の編隊による最初の東京空襲が十一月二十四日になされていた。土屋文明が旅に出たあとの「アララギ」の編集は小暮政次が続けた。小暮の家は「アララギ」発行所の裏手にあった。その家に杉子夫人と暮らしていた。杉子夫人は相沢正の妹である。小暮の家に訪ねて来る若いアララギ会員も交えながら、近藤たちは短歌や文学の事を夜の更けるまで語り合った。

秋になって、近藤は設計室から研究室に勤めが変わった。そのため、母校の東京工業大学の田辺教授の研究室を訪ねることもあった。田辺教授の専攻は「防空建築学」であり、空襲に備えるための研究でもあった。或る日の午後、研究室の窓から敵の爆撃機が一機過ぎてゆくのが見えた。その一機を目がけて高射砲弾が散り、閃光と白い煙が残った。その時、田辺教授が「美しいね」と呟いた。傍には近藤の他誰もいなかった。この時のことを近藤は歌に留めている。

美しき高射砲弾に昏れ行けば吾等立ちあがる田辺教授室

戦争の是非を通り越して、善悪の彼方にある美というものに感嘆する心理状態になっていた。事態が悪化すればするほど何かにすがろうとするほどの忘我の境地に至っていたとも言えよう。

その日から幾日もたたないうちに、東京に空襲警報が鳴るようになった。東伏見の自宅近くも何度か空襲があった。自宅の近くに航空機工場があり、標的とされたのである。ついに自宅の門の前に爆弾が落ち、爆風で硝子がこなごなになった。近藤夫妻は出かけていて留守だったため無事であったが、二人は疎開を決意した。行く先は、年子の両親のいる浦和である。それから間もなくして年子の姉の借家の一部屋を間借りすることになった。義兄は徴用技師として南方に行っており、義姉が幼い男の子と留守を守っていた。十二月から翌年にかけて東京への空襲は激しくなっていったが、浦和はまだ平穏が保たれていた。そして十二月十七日に土屋文明が帰って来たのである。一九四五年（昭和二十年）になった。正月を祝う雰囲気ではなかった。三月十日には東京大空襲があった。罹災家屋二十五万、十万人の死者が出たと推定されている。わずか二時間の空襲で東京都心は火の海となり、そして焦土と化したのである。三月二十一日には硫黄島の玉砕が大本営から発表された。四月には米軍は沖縄に上陸し、悲劇的な地上戦が始まったのである。

四　沖縄そして広島

沖縄地上戦当時における沖縄の状況そして日米の戦力の差はどのようになっていたのであろうか。沖縄戦を迎えた時、県内には約四十五万人の県民がとり残されたままであった。県民の多くは、沖縄の中・南部に集中し、米軍上陸前に北部の山岳地帯に疎開できた住民は約三万人にすぎなかった。牛島満中将率いる沖縄守備軍の司令部は、首里城の地下壕に置かれていた。守備軍の兵力は、陸軍約八万六千四百人、海軍約一万人、沖縄現地で動員された防衛隊・学徒隊約二万人の、計十一万人余であった。これに対し、アメリカ軍は沖縄攻略作戦をアイスバーグ作戦と称し、艦船一千五百隻と延べ五十四万人の西太平洋の全戦力を沖縄にさし向けた。三月二十六日には米軍は慶良間諸島に上陸した。住民は日本軍を頼って陣地に押し寄せたが、戦闘の邪魔になると追い返された。また、住民に対し、自決せよとの命令が直接・間接に通達された。食料もなく行き場を失った人々は、山中であるいは家庭や壕で、家族・親族ぐるみで軍の命令を信じて自決を強行した。四月一日、午前八時三十分、アメリカ軍は沖縄島の中部西海岸への上陸作戦を開始した。米軍の沖縄攻略の目的は、沖縄を占領することによって、日本軍と南方・中国方面との連絡網を断ち切り、日本本土への侵攻基地にすることであった。一方、沖縄守備軍は水際作戦から持久戦へと作戦を切り替えていた。そうすることによって、米軍の本土侵攻を遅らせ、本土決戦準備の時間かせぎをすることができると考えていた。日本軍はアメリカ軍の猛攻に屈し、司令部の放棄を決め、南部の摩文仁方面へ撤退を始めた。その間、追走するアメリカ軍は絶え間ない艦砲射撃を加えていた。守備軍は南部へ移動することになったが、ガマ（自然洞窟）にはすでに多くの住民が避難しており、守備隊を頼って移動してきた住民を含め、軍民十数万人が混在することになった。そうした状況の中で、日本兵は一般住民を守るどころか、壕から追い出したり、食料を強奪したり、スパイ容疑で殺害したりした。さらには自決を迫ったりした例もあった。沖縄守備軍の撤退作戦に対し、大田実司令官率いる小禄飛行場の海軍部隊は行動をともにせず、米海兵隊の攻撃を受けて六月半ばに全滅した。大田司令官は「沖縄県民カク戦へり。県民ニ対シ後世特別ノゴ高配ヲ賜ランコトヲ」の電文を打って、十三日に豊見城の司令部壕で自決した。摩文仁一帯に迫った米軍は、六月十一日の夕刻に戦闘を停止し、司令官牛島中将に無条件降伏を勧告した。しかし、司令官はこれを無視し、戦闘を止めなかった。十九日、追い詰められた牛島司令官は、「各部隊は各地における生存者中の上級者之を指揮し、最後迄敢闘し、悠久の大義に生くべし」との軍令を出して、六月二十三日、長勇参謀長とともに自決した。これにより、第三十二軍・沖縄守備軍の司令官指揮による組織的抵抗は終了した。しかし、戦闘はその後も続き、米軍が沖縄作戦の終了を宣言したのは七月二日であった。この地上戦での死者は約二十三万人、そのうち沖縄県民の死者は約十五万人である。この地上戦はその悲惨な記憶とともに、沖縄県民に「軍隊は住民を守らない」ということ、「沖縄は捨て石にされた」という深い心の傷を残した。

この頃から日本の指導者たちは本土決戦を主張し始め、国民の総武装化を狂気のように叫び出していた。小暮政次に召集令状が届いたのはその頃である。この頃の近藤に次のような歌がある。

征《ゆ》く君と話少なしなほ生きて世の移るさま見たしとも言ふ

小暮政次は華北の戦線に送られた。敗戦の報が続々と入ってくる中での小暮の出征である。近藤も小暮も言葉少なであった。生きて還って来られるかどうかも分からない中国戦線での戦いである。もっと生きてこの国がどう変わってゆくのかを見たいと語ったのは心底からの思いであったろう。同じ頃、近藤は北浦和の小学校近くの二階家に転居した。あばら家ではあったが、二人だけの家を持つことができたのである。この頃、近藤は宇都宮方面に出張したのだろうか。「荒針村」という『早春歌』の最後を飾る歌がある。

坑深くたがねを焼ける光ありいづくともなく声に呼び合ふ
灯を置きて働く群よ地下深き氷の層につるはしを打つ
赤々と詰所の庭に風呂立ちぬなほいくつかの機械ひびきて
鈍色の雲幾筋かたなびきて山下る馬車詰所にとまりぬ
雨あとの廃坑いくつしらじらと霧湧きながら夕昏るるかな

一首目。たがねとは金工製の鑿であるが、軍需用の金属物である銅などを掘削するために使われたのであろう。そのたがねを焼いて鋭利に繕っている光であろう。労働者たちが暗い坑道の中で呼び合っている声が響き渡る。二首目。暗い坑内にランタンを置いて照らし出している。その灯をたよりに凍った足元の地盤に労働者たちは鶴嘴を打ち込んでいる。三首目。地上に出ると詰所のある庭に風呂ができた。あるいは近藤はこの労働者たちの風呂場を設計して、その出来具合を見に来たのかもしれない。周りにはいくつかの機械のうなるような音が響いている。四首目。山には鈍い薄墨色の雲がたなびいている。近藤らが山を下って帰るための馬車が詰所の前に止まった。五首目。山を下ってゆく馬車に揺られながら振り返ると、いくつもの廃坑が霧の中に隠されるようにおぼろげである。あたりはもう夕暮れである。『早春歌』の締めくくりの歌として、これらの作品を置いた意味は何であろうか。この「荒針村」の節の歌だけは、直前までの歌柄とは趣を異にしているところがある。直前までの歌には淡く仄かな慕情のような浪漫性を感じさせるものがあった。内面の弾みのようなものがあった。しかし、この節の歌は、即物的（ザッハリッヒ）な描写で終始している。自分の短歌はこれからはこういう方向へ向かうのだというマニフェストのような意気込みを感じる。同じ即物的とは言っても、文明と異なり近藤の歌には「呼び合ふ」「灯を置きて」「赤々と」「しらじらと」というようにモノクロでない透徹した抒情があると言えようか。

その後も東京は空襲が続いていた。ヨーロッパでは五月初めにベルリンが陥落していた。ナチス・ドイツが敗れたのである。日本では沖縄戦終了の大本営発表が六月二十五日にあった。その次に来るものは本土上陸であった。八月六日、広島に原子爆弾が投下された。死者は十万人とも十三万人とも言われている。街は廃墟と化し、かろうじて生き残った者は火傷を負い、その後長く原爆症に苦しんだ。広島は近藤が学生時代を過ごし、親族が多く住んでいた街であった。父親の故郷であった。広島が標的となったのは軍事施設が集中していたからである。本稿執筆中の二〇二三年十二月二十一日に私は広島を訪れた。原爆投下から七十八年目ということになる。広島駅から市電の五番線に乗り、海岸通りで下車した。近藤芳美の歌碑に詣でるためである。案内してくれたのは、広島在住の歌友金村洋子さんである。海岸通りの駅から宇品港に沿って十分ほど歩いた処に小公園がある。そこに御影石に彫られた近藤の歌碑があった。

陸軍桟橋とここを呼ばれて還らぬ死に兵ら発ちにき記憶をば継げ

この歌碑が建立されたのは一九九八年（平成十年）十二月、近藤が八十五歳の時である。この歌碑の前に立った近藤の胸に去来したものは何であったろうか。五・七・五・七・七の五行の歌碑の正面には、兵士たちが発っていった瀬戸内の海が陽を受けて凪いでいた。群青色の海には小舟が何隻か行き交っていた。戦争を思わせるものはわずかに残った桟橋の一端にすぎなかった。金村さんと私は、近藤の事を語りながら港を後にした。

第二章　再　生

一　終戦

八月六日の広島に続き、八月九日長崎に原爆が投下された。死者は七万人とも言われている。当時二十五歳であった竹山広は、肺結核療養のため浦上第一病院に入院中に被爆した。

血だるまとなりて縋りつく看護婦を曳きずり走る暗き廊下を
鼻梁削がれし友もわが手に起きあがる街のほろびを見とどけむため
暗がりに水求めきて生けるともなき肉塊を踏みておどろく

竹山　広『とこしへの川』

この残虐な原子爆弾により街は廃墟と化し、地獄のような惨状を呈した。生き残った者は広島と同じように火傷と原爆症に苦しみながらの人生を辿った。長崎への原爆投下の前日にはソ連が宣戦布告し、満州への侵攻を開始した。多くの居留民が日本を目指して必死の避難を始めた。そして八月十五日を迎えた。その日、日本列島は雲一つない快晴であった。ラジオは朝のニュース以後、繰り返し正午に天皇の重大放送がある旨を報じていた。それは、いまだかつてないことであった。どういう放送か、誰もが気にしていた。正確な情報も判断力も国民には無かった。心の片隅でポツダム宣言受諾すなわち降伏という予感を持ちながらも、大多数の者は天皇が最後の決戦を呼びかけるのではあるまいかと考えていた。

その朝近藤は会社に出かけた。事務所は都心に居る危険を避けて民家に分散した。近藤は雑司ヶ谷に住む同僚の一軒家に移った。正午の時報が鳴った。今からラジオを通じて天皇陛下が詔書を放送されるから、一同起立して玉音放送を拝聴するように、という放送が流れた。近藤たちもラジオの前に集まっていた。家の中は静まりかえっていた。ラジオから声が流れてきた。近藤はじめ誰もが初めて聞く天皇の声であった。初めて「玉音」を耳にする国民誰もが、一瞬わが耳を疑ったという。現人神として、かつ凜々しい大元帥陛下として崇め奉られてきた天皇の声が、意外にも女性的で優しく、しかも間延びした朗読のテンポは、荘重さを欠いていたからである。それに加え、放送は雑音に妨げられて聞き取りにくかった。放送は、レコード盤に吹き込まれた声であった。ただ「戦局必スシモ好転セス……」とか『堪へ難キヲ堪へ忍ヒ難キヲ忍ヒ……』という箇所は聞き取れた。その次に「各員一層努力奮励セヨ」という呼びかけがあるものと予想した。だが、そのあと「万世ノ為ニ太平ヲ開カムト欲ス」と続いた。こうして国民は、戦争に敗れたことを知ったのである。この時、近藤の心は凍ったように動かなかった。周りの誰もが呆然としていた。やがて近藤の心に湧いてくるものがあった。こう記している。「焦土となったすべての国土、硝煙の止んだすべての戦場に、今このうつろな一人の声は伝わっているのだろう。この一人の名のために、もはや生きて帰らない幾百万のいのちら――」。多分近藤の脳裡には死んでいった戦友や学友、そして広島の人たちの事が過ぎったであろう。その多くの命は、たった一人の人間によって運命を変えられてしまったのである。

だが、多くの国民は敗戦そして降伏という現実について行けなかった。最後まで米英と戦う覚悟であっただけに、それが無くなったことによって呆然自失の状態となってしまった。だが、多くの若者は心の中で万歳と叫んだと言われる。敗色濃き戦争に兵士として戦いに行くことが無くなったからである。命を無駄に捨てることが無くなったからである。大本営は八月十六日、全軍に対して即時戦闘行為の停止を命じた。しかし、実際の停戦までには若干の日時を要した。樺太では八月十一日朝、北緯五十度線を南下したソ連軍との戦闘が始まっていた。二十日には真岡に上陸したソ連軍は二十四日には樺太の占領を終え、二十八日には武装解除を終了した。千島列島の最北端占守島には八月十八日にソ連軍が上陸、翌十九日には日本守備隊は降伏した。さらにソ連軍は千島列島全域に侵攻し、占領してしまった。これも日本軍が降伏した八月十五日以後の戦闘によるものであった。満州の関東軍が停戦および武装解除の命令を下したのは八月十八日である。この時すでに一部の高級将校や官僚は、いち早く日本へ逃亡したあとであった。そのため満州は混乱状態におちいった。一般居留民の場合はさらに悲惨であった。ソ連軍の暴行・略奪におびえ、婦人は顔に煤を塗り、男装して自らの身を守るのに苦労した。収入の道もなく、飢餓・病気に苦しめられ、引き揚げに際しては子供を置き去りにしたり、売りつけたりする親さえあった。沖縄の場合は事情が全く異なった。アメリカ軍は一九四五年四月以後、占領地域を拡大しつつ「軍政地区」を設け、住民を収容所に収容した。日本敗戦の八月十五日には、各収容所の住民代表を招集した十五名からなる諮詢委員会が設立された。九月二十日には、二十五歳以上の男女普通選挙による全島十六地区の市会選挙、九月二十五日には市長選挙が行われた。一九四六年四月には沖縄中央政府を設立、知事には諮詢委員会の互選の結果、志喜屋孝信が就任した。一九四六年二月に開かれた日本共産党第五回大会では、沖縄人連盟大会に向けて「沖縄民族の独立を祝うメッセージ」を採択した。日本の敗北は、その支配からの沖縄の解放、すなわち独立と考えられた。共産党書記長徳田球一の命を受けた奄美の久留義藏は、一九四七年二月奄美共産党を組織、「奄美人民共和国の樹立」を綱領に掲げた。沖縄本島でも同年六月、仲宗根源和が組織した沖縄民主同盟が「沖縄の……民主化を促進し、その確立展開」を目指した。七月には瀬長亀次郎が結成した沖縄人民党が、「自主沖縄の再建」「人民自治政府の樹立」を目標とした。九月には大宜味朝徳を党首として結成された沖縄社会党も、「米国支援の下、民主主義新琉球の建設」を掲げていた。日本復帰を主張したのはごく一部にすぎなかった。占領初期の沖縄では、米軍の占領を日本の支配からの解放と考え、それに期待する傾向が強かったのである．

「玉音放送」を聞いた歌人たちはどのような歌を作ったのであろうか。斎藤茂吉は次のように詠っている。

聖断はくだりたまひてかしこくも畏《かしこ》くもあるか涙しながる
万世《バンセイ》ノタメニ太平《タイヘイ》ヲヒラカムと宣らせたまふ天皇陛下わが大君《おほきみ》

次に釈迢空の歌を挙げる。

大君の宣《の》りたまふべき御詔《みこと》かは―。然る御詔を　われ聴かむとす
戦ひに果てしわが子も　聴けよかし―。かなしき詔旨　くだし賜《た》ぶなり

歌人の多くはこのような悲嘆・慨嘆の声に近いものであった。だが、理性をもって明るく歌った人たちもいた。

あなうれしとにもかくにも生きのびて戦《たたかひ》やめるけふの日にあふ　河上　肇

目の前にすでに破れし過去ありて新しく作る新しきよろこび　　土屋文明

近藤は、雑司ヶ谷の同僚の家を出た。焼け焦げた市電が通り過ぎるのを見送りながら、池袋駅へ向かった。近藤は胸の中で叫んだ。「愚劣な世界が亡んだのだ。愚劣な私たちの時代が終わったのだと、何かに向かって声のかぎり告げたかった」。そう近藤は記している。

二　埃吹く街

終戦すなわち敗戦の翌日から、近藤は京橋の会社に通い出した。清水建設のビルは都心の廃墟の中に焼かれずに残っていた。敗戦を肯わない軍の一部の蹶起が伝えられていた。そんな或る日、走行している焼け焦げた車体の省線電車の車内に、徹底抗戦を告げる軍の檄文が貼られていた。それを一人の青年が引き剝いだ。

いつの間に夜の省線にはられたる軍のガリ版を青年が剝ぐ

軍のビラにはポツダム宣言の受諾に反対し、日本の降伏を認めず、あくまでも米英と戦うべきだという内容が書かれていた。国民を奈落の底に突き落とした軍部には、国民にさらなる犠牲を強いようとする勢力があった。何百万という兵士の死や原爆・空爆による多くの死者があったにもかかわらず、彼らは国体を維持しようとしていた。省線とは現在の山手線である。そのガリ版刷りのビラの前に一人の青年が進み出て、あらあらしく剝ぎ取ったのである。その時、多くの乗客は黙ったまま青年の行動を見つめていた。だが、共感した筈である。近藤もその場に居合わせていた。青年の行為に、古い時代が去り新しい時代が到来したことを見たのである。自分の正しいと思ったことを実行に移すのを制約しない社会、自己の表現を自由に表明しうる社会の訪れをこの青年に見たのである。時代は明らかに変化していた。この歌には近藤の価値判断は一切加えられていない。青年の動きを即物的に描写しただけである。肯定も否定もしていない。しかし、内向的な近藤の眼差しが羨望に満ちていることが伝わってくる。この作品は「アララギ」再刊第一号に掲載された。戦争の末期に群馬県吾妻川渓谷に疎開していた土屋文明が浦和の近藤の家に一泊したあと、上京して五味保義と復刊の編集を始めていた。九月十九日のことである。刊行の絶えていた「アララギ」が十二月号として再刊され、それに近藤のこの作品が載った。そして一九四八年二月に出版された歌集『埃吹く街』の巻頭を飾ることになる。

世をあげし思想の中にまもり来て今こそ戦争を憎む心よ

「世をあげし思想」とは、国家が宣伝し国民もそれに同調した狂信的なイデオロギーである。そのような周囲の人々の中で、社会科学や文学で培った精神を抱く近藤は身を潜めるようにして生きて来た。戦争が終わった今、戦争を嫌悪する心をはっきりと表出しなければならないのだと語気を強める。ここには近藤の覚悟が込められている。

夕ぐれは焼けたる階に人ありて硝子の屑を捨て落すかな

通勤の途中に街で見た風景である。やや遠くから見たのであろう。焼けたビルの階段から、掃き集めたガラスの破片を捨て落とす人のいる情景である。手足に刺さりかねない危険なガラス屑に注目した点が特記されてよいだろう。今までの短歌には題材にもならなかったはずの物である。捨て落とすガラスの破片が夕日を受けてキラキラと輝いたような思いをさせる。そして「捨て落す」を強調したかったのかもしれない。なぜなら崩れ壊れた物を捨て去り、新しいものを準備するような気持ちをそこに汲み取ったようにも思えるのである。

水銀の如き光に海見えてレインコートを着る部屋の中

京橋の勤め先の一室である。仕事を終え、家に帰ろうとしてレインコートをまとった時の作品である。暮れかけた窓の外には焼け野原広がり、その果てに曇天の下の海がきらめいていた。それが水銀のようだと思ったのである。海面の輝きを「水銀の如き光」と化学物質による比喩を用い、「レインコート」という外来語を交えて描写するところに新しさを感じる。寂寥感がエキゾチックに表現されている。

東京は焼け野原となっていた。焦土となった街を進駐軍のジープが走り、拳銃を腰に提げた白人兵士たちが巡邏していた。その中に黒人兵士も交じっていた。そうした異国の兵士に東京の市民は怯えていた。市民も商工業者も、何をどのようにして生活するか全く目鼻がつかなかった。食料を得ることが先決問題であった。新宿あたりでは闇商人が露店で商売を始めていた。喰い物、ご飯茶碗、皿、鍋、七輪などが売られていた。このようにその日の糧を得るために商売を始めた者も必死であった。また、夜の街には「外国駐屯軍に対する営業行為」が政府の公認の下に一定地域を限定して行われた。公娼の存続である。だが翌一九四六年一月二十一日、ＧＨＱは日本政府に対して「日本の公娼制度はデモクラシーの理想に違背する」との理由で解散を命じた。真の理由は、米軍内に広がった性病であったという。これ以後営業のできなくなった女性たちは「私娼」として街に流れ出していったため、性病はかえって広がっていった。彼女らはパンパンガールと呼ばれたが、この呼び名はインドネシア語の「プロムパン（女）」の訛りとも、身体をひさいで食（パン）を得る意とも言われる。また街にはボロをまとった戦災孤児たちが溢れていた。そしてその敗戦の祖国に次々と戦場から日本兵たちが帰って来た。

軍用毛布を背に負った惨めな復員姿であった。朝鮮半島では、日本の統治下にあった朝鮮が独立した。半島全土が解放の歓喜に湧いていた。近藤の両親もそこを追われた。

秋となり近藤は羽田にあるアメリカ軍の兵営で、飛行場を占領した彼らの兵舎の建設に従事することになった。軍命令として技術者と労働者の提供を要求してきたのである。若い白人の兵隊らとともに図面を引くのであるが、近藤には久しぶりに接する製図紙の匂いであった。図面を引く部屋には近藤も知らなかった蛍光灯が明々と灯り、重油ストーブが音をたてて燃え、すべてに豊かさが感じられた。周囲に出入りするのは、みな征服者である異国の将兵らであった。

おのづから媚ぶる心は唯笑みて今日も交はり図面を引きぬ

異国の征服者に対して命令のままに働く卑屈さがあったが、本心を隠して表情には笑みがあった。そのような気持ちのまま図面を引くのであった。建てるものは彼らの兵舎であった。苛立たしさだけがあった。

乗り換ふる支線を待てば降り出でて空しと思ふ今日の一日も

電車を乗り換えるため待っていると雨が降り出した。この自分たちの国の再建に資する仕事でないことに、近藤は鬱々としていた。今日も彼らのための仕事をしてきたと思うとき、言いようのない空しさに捉われるのであった。空模様も近藤の心をますます暗くしていた。

灰皿に残る彼らの吸殻を三人は吸ふ唯だまりつつ

兵士らが部屋を出ていったあと、近藤ら三人は奪い合うようにタバコの吸い殻を拾い吸った。吸い終わったあと、屈辱だけが心に湧いてくるのであった。

第三章　新しき短歌

一　新歌人集団の結成

敗戦の年の十二月号から「アララギ」が復刊された。近藤は長い間忘れかけていた情熱を取り戻すかのように、激しく自分の思いを作品に注ぎこんでいった。「自分の生きていく、その証しの言葉を語りたかった」のである。編集の会合でも、一人気負った物言いをしていた。それは「この厳しい歴史の変転の日に、短歌という小詩型が私たちにとって何なのであろうか」と短歌を作ることの意味を自分に問いかけていたからである。その頃、国内では学園の民主化が進められていた。敗戦による価値観の転換は、学生や生徒に解放感を与えたが、戦時中軍国主義教育に従事してきた教師には決定的な打撃であった。しかもその多くは「民主主義者」に転換し、戦後なおも教員生活を続けようとしていた。そこで、学生や生徒の中から、教師に対する責任追及や罷免要求が出始めた。私立上野高女や水戸高校などで学生のストライキが起こり、学生側に有利に終結した。東京では小学校は十月一日に二学期が始まった。戦後最も困惑したのは、日本史（戦前は「国史」といった）とその教師たちであったが、この時期はまだ文部省の戦後への対応ができていなかった。小学校用教科書『くにのあゆみ』が出るのは、翌一九四六年九月である。校舎は焼け、教科書も無かったため、生徒は校庭の「青空教室」で戦前の教科書を塗りつぶしながら使った。その年の暮れには、労働組合のストライキが街のあちこちで見かけられた。労働組合が次々と結成されていた。そのような街角で、組合の青年が共産主義の到来を予言する演説を絶叫していた。それを聞いていた近藤は、それも違うと心の中で呟いていた。この頃の近藤に次のような歌がある。

言葉知らず働き合へばはかなきに出でて共産党宣言を買ふ

初めて伏字の無い社会科学文献が相次いで出版され出したのを、心の飢えとともに買い求めていた。ほとんど表紙のないザラ紙の小冊子であったが、読み直して長い戦争の時代に失ったものを取り戻したかったのである。共産主義を肯うのではないが、労働者や貧民の生きる権利には共鳴できるものがあった。街では、寒さと栄養失調のために餓死者が続出していた。餓死者は、戦争に家を失い、肉親を失い、浮浪者となって駅の地下道などに寝起きする者たちの間から出た。或る日の新聞では上野駅だけで一日六名の死者が報道されていた。

敗戦の結果、多年にわたり国民の自由を弾圧し、無謀な戦争に国民を駆り立て、破局をもたらした権力者たちが退場し、言論界・思想界はにわかに活気を取り戻した。しかし、戦争勢力の打倒が日本国民の自主的な力の成果としてではなく、占領軍の指令によって行われ、占領軍の指導によって自由が回復されたことは、言論界に矛盾を生むことになった。それまで沈黙を強いられたリベラルな人々が、自主的主張を積極的に展開する一方で、他方では戦争協力を呼号してきた組織や個人が手のひらを返したように民主主義の宣伝に乗り換えた。この両者の混合の上に戦後の言論界は再出発したが、戦争に協力せずに忍従の姿勢で敗戦を迎えた人々に不自然な違和感を与えた。

翌一九四六年一月、小暮政次が華北の捕虜収容所から復員してきた。それがきっかけとなって、「アララギ」の若手十人ほどが、近藤の家に集まった。北海道に疎開していた樋口賢治も顔を見せた。皆あの長い戦争をくぐり抜けて生き残ったことを喜び合った。その中に相沢正だけが欠けていた。仲間たちは相沢の思い出話をした後、文学の話に熱中していった。誰もが「アララギ」の狭い世界だけに満足しきれなくなったのか、新しい同人雑誌を作ろうという発言もあった。この頃、近藤は妻の年子と演劇を観に行っている。

生き行くは楽しと歌ひ去りながら幕下りたれば湧く涙かも

この年の二月に、有楽町の邦楽座で新協劇団のフェドロヴァ作「幸福の家」が上演された。新協劇団は戦時中弾圧により解散させられ、戦後再出発した。その最初に村山知義の演出で「幸福の家」を取り上げた。舞台は、戦争の始まる前夜の或る町のことである。そこで、人間の本当の幸福とは何かを問いながら国と人種を異にする人々が生き、迫りくる戦争の恐怖に立ちすくんでいた。そこに人間同士の喜びや悲しみがさまざまに繰り広げられ、終幕となっていった。その終幕に、恋人である若い男女が手を取り合い、「生き行くは楽し」と歌いながら舞台を去っていった。近藤夫妻は、共に生き抜いてきた戦争の日に思いを重ねていたのであろう。この近藤の歌は、当時廃墟の街々の大学を中心として、短歌を作ろうとする若い学生の間に共感とし、愛惜として互いに読まれていったという。

その年の夏、浦和の近藤の家に玉田登久松という青年が訪ねてきた。大きな体の男であった。玉田は、橋本徳寿の未帰還の間の「青垣」の編集を受け持っていた。玉田は浦和の歌人たちとの会合を熱心に説いた。玉田は何故近藤の事を知ったのだろうか。近藤は「アララギ」に所属しているが、この一九四六年二月に「転機に立つ」の一文を書き、アララギ批判をやっていた。「転機に立つ」の中で、近藤は次のように主張していた。「明るみに出されたなまなましい人間性、社会の不安、ぎりぎりの生活の問題、そうしてこれらを同時に押し流しているかに見える思想の波、これがわれわれの立つ現実である。この現実をじかに受け取る身をもっての苦しみこそ、今われわれに与えられた作歌の素材であるべき」だ、としていた。そして、斎藤茂吉の

「戦ひのつひの終りに村肝を揺りてくだりし大みことのり」「戦ひはかくの如くに果てにきとわれの涙のとどまらなくに」を挙げ、戦争歌以来安易にたどった概念歌だと切り捨てた。さらに茂吉の高弟でもある柴生田稔の作品の、「進駐の兵士もまじりて人たかる焼残る街に夏帽子売れり」「焼跡ににぎはふ人ら土のうへに枝豆もりし皿ならべ売る」を挙げ、「これらは今日の現実かもしれない。しかし、まるで作者は傍観者のごとくよそよそしいではないか」と批判する。そして、現れるべきものは、「もっと今日の現実の中に苦しみ、そこからの迫真、もっと痛痛しく身をくねらせた、はげしい写生であるに相違ない」と言挙げしていた。この記事を玉田は読んでいたのであろう。

そして、その年の初秋の或る夜、近藤は玉田に伴われて加藤克巳の家に出かけて行った。近藤の家は浦和市常磐町の小学校の近くであり、加藤の家はそこから六、七百メートル程離れた与野町大戸にあった。また、玉田は、加藤の家から百メートル程離れた家に住んでいた。この会見が、後の「新歌人集団」結成をもたらす記念すべき一夜となったのである。加藤克巳は、すでに戦前に歌集『螺旋階段』を出版し、年少の作者として歌壇に名が知られていた。その夜、近藤の、新しい歌を求める激しい情熱を加藤は感じ取った筈である。加藤も「鶏苑」に拠って、清潔なリリシズムを志向する短歌を求めていた。そして、時々会って話し合おうじゃないかということになり、加藤と親しい常見千香夫や大野誠夫も加わることになった。そして二度目の会合は、浦和駅に近い何かの会館の二階が会場であった。月の二十日に集まることになり、

「二十日会」と名づけた。そして、メンバーの人選についても参考意見を聞くため、「短歌研究」を発行している木村捨録と、「日本短歌」を発行する山形義雄を招いたのだった。近藤は「アララギ」から小暮政次と杉浦明平、高安国世を推薦した。玉田は、「青垣」会員の福戸国人を連れてきた。童顔の朝日新聞記者であった。中野菊夫、山田あきも参加していた。年が明けた一九四七年二月、会場は新たに東京都心の朝日新聞の社屋の一室に移された。福戸の好意によるものであった。宮柊二、山本友一、小名木綱夫、香川進、前田透らもいつしかメンバーとなっていた。この三回目の会合から、この集まりは、「新歌人集団」と呼ばれるようになった。集団の誰もが、それぞれに長い戦争の間の青春を取り返しえない悔いとして心に抱きながら、文学への一途な情熱を分け合っていた。そしてこの集団が、戦後の歌壇の文学運動をリードしてゆくことになるのである。

二　第二芸術論

新歌人集団の第三回会合が開かれたのは、一九四七年（昭和二十二年）二月二十八日であった。集団のメンバーは、この時、ある種の危機感と緊張感を抱いていた。というのは、歌壇外から短歌決別論や短歌否定論が加えられていたからである。その流れとあらましを論者の言葉を引用しながら追ってゆきたい。戦前にも短歌否定論ないし短歌滅亡論は繰り返し起こっていた。それは短歌性に関する詩形、用語、短詩ゆえの主題の限界等をめぐるものであったが、この戦後の否定論は日本が戦争に敗れたという事実から日本人の民族性、日本文化の伝統への批判・検討がなされた。その文化の伝統にあるものとして短歌・俳句に焦点が当てられた。戦後、いち早く出た否定論は臼井吉見の「短歌への決別」（「展望」一九四六年五月号）であった。徹底的で強烈な短歌否定論であった。次のように述べる。「何よりもまづ、戦場の若者たちが、冷酷な死と、のっぴきならず直面させられた己がいのちを伝統的な短歌乃至俳句形式のなかに虔ましく表現していることが、何ともあわれでならぬのである。殊に決定的な敗戦の様相が、兵隊の一人一人の胸にじかに迫って来た頃になっても、なお彼等が己をここまで追い詰めた帝国日本への愛情を、肉親朋友へのそれを超えて、短歌俳句によって示したことそれが何としてもあわれなのである」と、冷酷な死に直面させたものをも短歌俳句によって憧憬のように詠う心性を問題とする。そして、「ここに短歌乃至俳諧が執拗に果たし、今も果たしつつある我が民族的性格の短歌俳諧的形成を思わざるを得ない」と重要な指摘をする。そして、降伏の八月十五日の歌と宣戦布告の十二月八日の歌を比較して、二つの場合とも表出がそっくり同一だという。さらに、「短歌形式が今日の複雑な現実に立ちむかう時、この表現的無力は決定的であるが、それよりも重要なのは、つねに短歌形式を提げて現実に立ちむかうことは、つねに自己を短歌的に形成せざるを得ないという事実である。……かくて短歌形式になじむ限り、合理的なもの、批判的なものの芽生えの根はつねに枯渇を免れるわけにはゆかぬ」と規定する。それゆえに、「この俳諧なり短歌の性格と運命とを、世界的規模と展望のなかに、躍動しつつある今日の現実のなかに、今こそ冷静に把握すべき時ではなかろうか。そして、今こそ我々は短歌への去り難い愛着を決然として断ち切る時ではなかろうか」と提示する。続けて、「これは単に短歌や文学の問題に止まるものではない。民族の知性変革の問題である」と結ぶ。これは戦争末期の短歌が陥っていた重症ともいうべき実態に、激しく厳しい警鐘となったことは間違いない。

　次に、桑原武夫は総合雑誌「世界」十一号（一九四六年九月）において「第二芸術―現代俳句について」を発表した。この中で桑原は、「わかりやすいということが芸術作品の価値を決定するものではもとよりないが、作品を通して作者の経験が鑑賞者のうちに再生産されるというのでなければ芸術の意味はない」と芸術の価値の本質を示す。そして、現状は「俳句というものが、同好者だけが特殊世界を作り、その中で楽しむ芸事だ」という。その後に、「私は現代俳句を「第二芸術」と呼んで、他と区別するがよいと思う。第二芸術たる限り、もはや何のむずかしい理屈もいらぬ訳である。俳句はかつての第一芸術であった芭蕉にかえれなどと言わずに、むしろ率直にその慰戯性を自覚し、宗因にこそかえるべきである」と結論づける。

　このように俳句を批判した後、桑原は翌年「八雲」一月号（一九四七年五月）に「短歌の運命」を書いて、短歌に厳しい眼をむける。その中で、「短歌は年がいくと迫力を失う芸術形式であろうか。三十一文字の短い抒情詩は、あまり社会の複雑な機構などを知らぬ。素朴な心が何か思いつめて歌い出るときに美しいが、年と共に世界を知ってくると、その複雑さをもこめての幅のあり、ひだのある感動を歌うにはあまり形が小さすぎ、何かを切りすてて歌わざるを得ない」と短歌の限界について述べる。そして、短歌の将来について、「複雑な近代精神は、三十一文字には入りきらぬものであるから、その矛盾がだんだんあらわになり、和歌としての美しさを失い、これならいっそ散文詩か散文にした方がよいのではないかということがわかり―このことは日本の社会の近代化の成功如何にもふかく関係するが―短歌は民衆から捨てられるということになるであろう」と、その終焉を宣告する。だが、短歌では表現しえない複雑な心情の描写のあることを指摘した点は首肯できるが、短歌が民衆から捨て去られる要因については根拠が薄弱に感じられる。

この短歌否定の論調は、一九四八年一月の小野十三郎「奴隷の韻律」（「八雲」一月号）で最高潮に達する。小野は次のように短歌の性格を攻撃的な口調で述べる。「短歌について云えば、あの三十一字音量感の底を流れている濡れた湿っぽいでれでれした詠嘆調そういう閉塞された韻律に対する新しい世代の感性的な抵抗がなぜもっと紙背に徹して感じられないかということだ」。小野は続けてこうも言っている。「古い抒情を否定できるものはただそれに対して異質の新しい抒情を創造し、体験し得た者だけである。そしておそらくこれが詩人は究極に於いて批評家であるということの意味である」と。伝統の生活に根ざした古い韻律を識別し得ない鈍磨した感覚の持ち主は「永久に歌俳の世界を流れている奴隷のリリシズムから解放される時はない」とも言う。この言葉は戦後歌人にかなり厳しく突き刺さった。戦中の十把一絡げの短歌に危機感を抱いていた歌人たちに、自戒の念を強く持たせたのだった。

けれども斎藤茂吉や土屋文明といった大家は、こうした短歌否定論に反発した。茂吉は次のように詠った。

短歌ほろべ短歌ほろべといふ声す明治末期のごとくひびきて　『白き山』

茂吉には短歌滅亡論が、明治末期の尾上柴舟の「短歌滅亡私論」の時期にあった論議の繰り返しにすぎないものと映ったようであった。土屋文明は文明なりに次のように居直った。

歌作るを生意志《いくじ》なきことと吾も思ふ論じ高ぶる阿房どもの前に　『山下水』

これは桑原武夫の「第二芸術」より前ではあるが、すでに臼井吉見の「短歌への決別」が出ていた。文明らしい自嘲もあるが、自身の行き方に自信を持っていたようである。二人とも、論や実作をもっての対抗という態度を採らなかった。

三　新しき短歌の規定

だが、新歌人集団のメンバーにとって、歌壇外からの批判は深刻な問題であった。その第四回の会合は、一九四七年三月二十二日に朝日新聞東京本社四階で行われた。出席者は近藤芳美、加藤克巳、山本友一、中野菊夫、山田あき、小名木綱夫、玉田登久松ら十三名の歌人と朝日記者二名、それに特別に出席した土岐善麿ら計十六名であった。土岐善麿はこの会に百円寄付している。歌人として大先輩である土岐善麿は、新人の歌人たちに大金を出すことによって声援を送っていた。こうした会合の出席案内のハガキ、会場の手配、会員への連絡等は加藤克巳が行っていた。つまり事務局は加藤克巳宅に置かれていた。加藤は丁寧に会計簿に金銭の収支を記していた。この会合に近藤はどのような作品を提出していたのであろうか。各メンバーは一人六首くらい出し合っていた。近藤の歌を三首ほど抄出する。

亡びし如く見えし一年いち早く態勢を変え来る彼等あり
主義に拠りしただ一度だにあらずして守り得し小さき生活よ之は
蠟燭を灯すテーブルに寄り合へど痛々しかり君の孤独も

ここには近藤の歌が古い湿った抒情を否定する、新しい方向へと踏み出したことが示されている。この新歌人集団第四回例会に提出された近藤の作品は「狭き四囲」と題されている。一首目の「亡びし如く見えし」とは、戦争中国民を破滅に至るまで隷従させた権力であり、いったんは支配の座から消え去ったと思えたファシズム的勢力である。それがこの一年の間に姿を変えて再び自分たちの上に現れ始めたと言う。それを「態勢を変え来る彼等」と表現している。「態勢」という社会科学的論調に近い語を短歌の中で使い、ファシズム勢力を「彼等」と人称で表現するなど、社会の動向を即物的（ザッハリッヒ）に描こうとしている。ここには、第二芸術論で批判された「湿っぽいでれでれした詠嘆調」に対する、決然とした反証の気概が感じられる。二首目は、自分自身の生き方を凝視している作品である。近藤はイデオロギーに依拠して生きる人間の悲惨を見て来た。だから自分はそれに拠らないという。そのことは、イデオロギーに無知であれということではない。イデオロギーや思想を知り抜いているからこそ、主義に拠る危うさを理解できるのである。だから、戦争中においても共産主義を信奉することもしなかった。そうして今、妻との平穏な生活を守り得たと、自分の状況を第三者的視点から位置づける。三首目は、前回の歌会が終わった後の、喫茶店に寄った時の歌である。進駐軍の出し殻か何かのコーヒーが飲める店があった。打ちつづく停電のため、テーブルには蠟燭の灯が揺らぎ、窓から夜の遅い闇市の人の行き交いが見えていた。「痛々しかり」孤独と見えたのは中野菊夫であった。中野は、戦前のプロレタリア短歌運動を継承する「人民短歌」の編集者であったが、渡辺順三を中心とする同人の多くはマルキストであり、共産党員であった。中野がめざしたのは欧米流の民主主義であり、マルキストでない中野は「人民短歌」の中で孤立しようとしていた。

この第四回例会での他のメンバーの作品も見ておこう。大野誠夫は「暖雪」と題する次のような作品を提出した。大野誠夫は創刊したばかりの「鶏苑」に常見千香夫、加藤克巳らと共に所属していた。二首抄出する。

花のやうにバラックの町に灯がともり今宵なまぬるき冬の雨降る
なまぬるき悲しき風とおもひ歩むちまた群れゆく古き外套

一首目。焼け跡に建っているバラック群のそれぞれに灯りがともる夕暮れの町の様子が物語の世界のように立ち上がる。その街に冬のなまぬるい雨が降っている。廃墟の跡にも人間の営みが希望のように浮かび上がる。二首目。戦後の廃墟となった東京の街を歩いてゆけば、自分と同じように古い外套をまとった群れがさまよっている。そのように都会の風俗を一つの断面から捉えようとした。この二作品は、後に大野の第一歌集『薔薇祭』に収められた。その「後記」で大野は次のように述べている。「私は日常的事実性をできるかぎり否定して、詩度の高度と純粋を保たうとした。抒情の幅を拡げやうとした。……花鳥の世界から、人間臭に充ち充ちた現実の底辺を匍ひ廻らうとした。何よりも私が歌ひたかったのは、戦争を経験した人間の生態とその心理であった」。後の一九五一年七月に大野は『薔薇祭』を上梓する。近藤は推薦文を次のように記している。「空虚なとき、さびしいとき、悲しみに閉ざされたとき、人はこの歌集を読むがいい。豊かな情感の泉に、慰めと安息を得るだらう。冷めきった体の温まる思いがするだらう。たとえば雪の夜の暖炉。晩春の園吹く風。華やかで美しく、心に沁みとほるペーソス。それがこの著者の歌風だ。坂と樹林と日光と夜を愛し、人間世界の悲喜劇を特色ある手法でゑがき出す。殊に風俗詠に新しいスタイルを確立した誠夫にして温良な作家大野の処女歌集が出版される」。

この同じ第四回例会の加藤克巳の作品は「会話」と題されている。

朝化粧そそくさとする妻の背に救はるるべき明日を思ひぬ
たれこめる曇天をくぎるちさき窓思考に飛躍なき午後を孤座す

一首目。鏡台に向かって朝の化粧をする妻の背を見ながら、自分の未来は明るいことを感じている、生活の一断面である。芸術派の加藤は、この頃シュールな手法から現実描写を取り込む手法へと変化し始めていた。二首目。曇った日の自宅の部屋で、外を眺めながらとりとめのない事を考えている自身の姿を描写している。「思考に飛躍」が従来の加藤らしい表現であるが、加藤は自分なりの新しい方法を模索していた。

また、山田あきは「指針一途」という題の作品を提出していた。

遮断機があがれる尖《さき》にまなこゆく新月《しんげつ》清く天を占めたり
飢ゑしもののうちより光さすごとく寒《かん》の夜あけのなみだ一すぢ

一首目。上がってゆく遮断機のバーの向こうに新月らしい夜空の遠近の奥行きと、街の夜空の澄明さとが清潔感を伴って表現されている。二首目。プロレタリア短歌も創っていたあきの飢えた者を捉える視線が、その流す涙に焦点を当てて斬新な抒情を醸しだしている。

彼らの会合は、回を重ねるごとに軌道にのり、作品提示も活発となり、相互の批評も激しく厳しくなっていった。その例会での様子を伝える一文が残っている。彼らの「新歌人集団ニュース」と呼ばれる一九四七年十一月現在の活動を伝える冊子は、次のように記している。「わたくし達は、尊敬し、信頼し、その芸術性や個性に刺激を感じ得る作家同士で作品を示しあい裸になって、体当たりしてぶつかり、厳しくも激しい作家修練に身をもみ合いたかった」と。その修練は静かな議論の場ではなかった。「持ち寄った各自の作品五首を中心に真剣な作品の相互批判を行い、短歌の本質を究明しつつ絶え間ない修練に血肌の見えるまでお互いを鞭打った。夕食抜きで五、六時間も論じ合うのが常だった。お互いに作家の権威を確認し、譲るべからざる時は最後まで闘い合った。つかみあわんばかりの激論も珍しくはなかった」とその激しさを伝えている。このことは福戸国人の回想によっても証明される。「新日光」第一四集（一九五四年十月）の福戸の記事は、鼻柱のつよい近藤芳美が、議論のあとで「ぼくは自信がなくなった」とため息をついた日もあったことを紹介している。そのような真剣さ、激しさは、各自が戦争を生き延びて得た生命を、短歌に存分に注ぎ込もうとしていたからに他ならない。

こうして彼等は歌壇への積極的な参画にも力を入れ始めた。それが「新日光」創刊号の編集であり、「短歌研究」新人特集号全面責任編集であった。いずれも一九四七年の出来事である。この年の「短歌研究」六月号は新人特集号であり、全誌面を新歌人集団に提供した。「明日の短歌」という特集であった。そこに近藤は「新しき短歌の規定」という評論を発表した。一部抄出する。「新しい歌とは何であろうか。それは今日有用な歌のことである。今日有用な歌とは何か。それは今日この現実に生きている人間自体を、そのままに打ち出しうる歌のことである。現実に生き、現実に対決しているわれわれ自体を、対決の姿そのまま、なまなまと打ち出しうる短歌こそ有用の詩であり、われわれの新しとする歌である。……新しい短歌は自然在来の抒情派のいう抒情とも別種の一つの抒情をもつ。素材的であり、余剰装飾をきらう。いわば、でれでれした表情を嫌悪する。新しい短歌の抒情は、ちょうど鋼鉄の新しい断面のような美しさをもった抒情だと思う。静かな、知的な、しかも澄んだぎりぎりのところにある抒情だと思う」と新たな抒情について述べる。そして「新しい歌の一つの性格は、作品自体の中になまなまとした思惟があることだ。われわれはレアリズムによってわれわれの人間性を開放し思惟を累積させていく。正しいレアリズムのみがただ一つのてだてである」と結ぶ。このように、あるべき短歌の方向を高らかに宣言したのであった。

四　「詩人」とは生き方を指す

新歌人集団に結集した近藤らのグループは、歌壇では後に戦後派と呼ばれるようになる。戦争の悲惨さを知っている彼らには、人間の良心を支えとして作歌する姿勢に共通するものがあった。有楽町の朝日新聞社の社屋での会合を終えて街に出た彼らは、数寄屋橋から銀座方面に足を延ばした。夜の更けた街を行き交うのは白人の兵を乗せた人力車だけであり、カーキ色の軍の外套をまとった売春婦らがその間をさまよっていた。寒風が並木の枝を揺らして笛の音のように過ぎ、ビルの上の月が舗道を照らしていた。「今、この現実を歌う以外に、俺たちに歌うべきものがあるだろうか」と、近藤は連れ立つ仲間に声をかけた。この近藤の言った言葉の意味を、それぞれが各様に受け取っていた。近藤自身は、現実に生きる人間を歴史の中で捉えるべきではないかというつもりであった。

第二芸術論の中での短歌批判が、近藤の脳裡から離れなかった。自分自身をも葬ろうとする国家を、何故歌人は憧憬のように抒情化してしまうのであろうか。国家という冷厳な存在を捉えるには、「モノ」を見るのと同じように、感覚で受け取る対象を悟性（知性）で構成する必要があるだろう。自分が主体とならねばならないのだ。「存在」を「存在そのもの」として受容してはならないのである。存在として感覚が受容したものを、自分の悟性が形造ってこそ、主体の尊厳は維持されるのである。その時にこそ人間は本当に自由なのであろう。近藤はその時、カントの『純粋理性批判』を思い起こしていたに違いない。「現実」とは近藤には重く厳しいものであった。社会の片隅に生きる小さな個人をも、兵士として戦争に動員してしまう冷酷な存在が国家であり、一つの現実であった。軍隊の外に出て、そしてその軍隊が崩壊して初めて、兵士であった自分を客観視することが可能となった。身体をも精神をも抑圧する装置としての軍隊に、海を漂う木の葉のような兵士として生きたのも現実であった。

歌集『吾ら兵なりし日に』は、まさに木の葉のように翻弄された期間での作品群ではあったが、自己のぎりぎりの生を制約された状況の中で詠い留めようとした。一召集兵として戦場にあった間、月に二枚のハガキを軍事郵便にして妻に送ることが許された。短歌であるため、無知な下士官の検閲の眼を免れることができたのは幸いであった。歌集『早春歌』は、大学生であった一九三六年（昭和十一年）から一九四五年（昭和二十年）の敗戦まで、つまり近藤が二十四歳から三十三歳までの作品が収められるが、前半では国家を見つめる冷徹な認識があったことが注目される。後に妻となる年子との相聞は、岩場に湧く泉のように読む者に希望を抱かせると同時に、愛するということの思いの深さを我々に投げかけて来る。そして、兵士にとっての原隊追及の苦闘の日々が、戦争の過酷さを突き付ける。『早春歌』は一九四八年（昭和二十三年）二月十日に四季書房から刊行された。歌集『埃吹く街』は、敗戦の日の後から一九四七年（昭和二十二年）六月にかけての作品を収め、『早春歌』と同じ日の一九四八年二月十日に草木社から刊行された。この歌集をめぐって歌壇は沸騰し、近藤は戦後短歌の旗手となってゆく。

極限状況の戦場においても詠い続け詠い留めることができたのは、アララギ歌会での文明との出会いが大きく影響している。戦時下のアララギ歌会に参加した近藤は、文明の周囲にだけ人間の真実を歌う場がわずかに残されていると痛切に感じ取った。そして、短歌だけがただ一つの自己表現の領分であると思い定めたのだった。文明は、一九三八年「アララギ」二月号編輯所便に「短歌は事実の羅列を要しない文学であるから、事実的記載をつつしむべき現在のような場合には、最も自由な文学形式と言えるかもしれない」と書いていた。戦地に赴いた近藤には、兵営での作歌の時にも、検閲を経なければならないハガキを年子に送る時にも、この言葉を大きなよすがとしていた。

かくして戦争は終わった。近藤は軍隊から解放された。そして、新たに到来する未来を想像した。一九四八年（昭和二十三年）の秋に近藤は広島の駅に降り立っていた。あたりはすっかり見知らない街に変わっていた。叔母はトタン板のバラックの仮堂に夫と住んでいた。土塊と瓦の破片ばかりの広い通りの片側に残っていた土塀で、叔母の嫁ぎ先の寺だと見分けることができたのだった。叔母から故郷の人々の消息を聞いたが、知っている者はほとんど亡くなっていた。叔母の幼い長男も原子病で亡くなった。ひとり街の方へ向かった近藤は、十幾年前の故郷のまぼろしを追い求めていた。しかし、見渡すかぎり荒涼とした風景が広がっているだけであった。廃墟の街に佇む近藤の心に去来したものは、学生時代の多くの思い出であった。そして、それらを奪った戦争の残酷さ、悲惨さを思った。この広島の光景は、近藤の記憶の底にいつまでも刻印され、忘れられないものとなったであろう。

東京に戻った近藤は、目の前に広がる新たな現実の、何を、どのように詠うかという課題に応えていった。それは「新しき短歌の規定」にもあるように、現実の中に生きる人間をなまなまと打ち出すことであり、その作品の中になまなましたた思惟のあることであった。私なりに解釈すれば、感覚が受け取った対象を、概念にまで構成する悟性の作用こそが思惟だと言うことができるのではないか。悟性は知性とも言い換えられるが、知性が備わるためには我々は歴史や社会科学の知識を常に吸収しなければならないであろう。近藤が常々「皆さんは歴史をもっと勉強しなければ駄目ですよ」と言っていたことが思い出されるのである。「新しき短歌の規定」の中で述べたことを裏付けるかのように、近藤の作品はイメージの鮮明な写実の特長を表す歌と、思惟を前面に出した歌との二つの流れが並行してゆく。そしてそのどちらもが、一人の人間の「生」と呼ぶべきものの自己表現であった。短歌とは、最も直接であり端的であるという意味での、自己表現の型式以外の何ものでもないからである、と言う。そこには、その間に介在する余剰のものは何もない。何も飾り立てる必要はないのである。霊柩車のように飾り立てるものを嫌悪するとも言っていた。歌を創ろうと思うのは、詠いたいもの、表現をしたいと思うものがあるからである。そして、歌人は歌を創りながら生きている。小説家とは職業であるが、「詩人」とは生き方を指すのだと近藤は言う。『早春歌』を生き方の記録であるとも言っている。近藤の場合は、自らの在り方を選択し、未来の可能性に向かって自らを投げかけ、自己の本質を自由に創り上げてゆく、実存的生き方であったろう。

戦後になって三年目の早春、近藤は会社が社員家族のために造った応急の社宅の庭に降り立っていた。妻が傍らにいた。曙光の射し始めた朝であった。つくづく自分の青春は戦争と共にあったと思った。歌い残してきたものの未熟さに対する悔いのようなものはあったが、良き先進と多くの友人を持ったことのみをとっても、悔いの無き青春であったと思うのだった。土屋文明から譲り受けたアカンサスが、風を受けて緑の葉を揺らしていた。

―完―

あとがき

本書の叙述を終えて、歌人近藤芳美の生きた時代に思いを巡らせた。それは、ビルマで戦った私の父にも思いが及ぶ。戦時下の激動の時代の事についてである。そして、近藤芳美という人間を通して、私は自分にとって大切なものを最期の時まで護っていかなければならないということを教えられた。近藤芳美にとって大切なものとは、短歌であり愛する人であった。その思いを成就しえたのは、内なる自己を見つめる厳しい眼と、外の世界を見つめる広い視野があったからだと言うことができよう。近藤は若くして、自分の進むべき道を短歌だと思い定めた。その事が彼の人生の軌跡を形づくることになった。苦難の中においても、短歌は彼の生きる根拠であった事が浮かび上がる。戦後、短歌創作の道程において、迷い惑いながらも一つの里程標に辿り着いた。それ以後の彼の活躍は多くの人の知るところである。

後年、近藤は私の第一歌集『樹の掟』（一九九三年刊）に序文を寄せてくれた。その中で「多分、今井君はその歌集を出すことにより、これまでに心の愛惜としてうたい続けて来たものへの訣別と、さらに、次の世界に向けての跳躍を、ひそかに心に見定めようとしているに違いない。なぜなら、たとえ短歌であろうと、文学とは、本当はその訣別の彼方に広がる荒涼とした現実の曠野の中にこそあるはずのものだからである」と述べていた。たしかに私たちは心の愛惜としてきたものを詠おうとするし、歌も創りやすい。しかし、「荒涼とした現実の曠野」の中にこそ詠うべき対象は有るという。若かった時の信念は、後年に至っても変わることはなかったのである。敗戦を機に零落した人間の精神、変容してゆく社会、そういった現実の中に己の眼を向けていった。松川事件の被告たちを支援する歌会にも足を運んだ。短歌が現実から遊離してゆくことを惧れていた。「人間と歴史」を見つめ詠うことが自分の使命とでも思っているようであった。それを成しとげるのが、思惟の働きであった。近藤にとって歌を創るということは、詠うべきものを求めて内面に分け入ってゆくことであった。私も近藤に倣って、内面世界の彼方へ向かって歩み出して行きたいと思う。

なお、本書の原稿の整理には、歌友砂澤俊彰氏のお世話になった。また、出版に際しては、本阿弥書店の奥田洋子氏ならびに斉藤光悦氏にお世話になった。装画には飯沼知寿子氏の絵を使わせていただいた。本書出版に携わった方々にも、あわせて感謝申し上げる。

二〇二四年十一月二十二日

今井　正和

参考文献一覧

Ⅰ
広川禎秀『恒藤恭の思想史的研究』（大月書店）
伊藤孝夫『瀧川幸辰』（ミネルヴァ書房）
児島襄『舞い上がる鷲』（小学館）
山口茂吉他編『斎藤茂吉歌集』（岩波文庫）
中山研一『刑法総論』（成文堂）
河上肇『自叙伝（一）〜（五）』（岩波文庫）
河上肇『資本論入門』（青木文庫）
近藤芳美歌集『静かなる意志』（白玉書房）
ウィキペディア「広島高等学校」
高田浪吉『歌人中村憲吉』（三省堂）
Ⅱ
田井安曇『近藤芳美』（桜楓社）
近藤芳美『土屋文明』（桜楓社）

塩見鮮一郎『貧民の帝都』（文春新書）
松原岩五郎『最暗黒の東京』（岩波文庫）
藤原彰『日中全面戦争』（小学館文庫）
加藤淑子『斎藤茂吉の十五年戦争』（みすず書房）
小高賢『鑑賞現代短歌六　近藤芳美』（本阿弥書店）
きさらぎあいこ『近藤芳美の音楽の歌』（本阿弥書店）
奥平康弘『治安維持法小史』（筑摩書房）
大森映『労農派の昭和史』（三樹書房）
青木生子・伊藤博他校注『萬葉集』（新潮社）
戸井昌造『戦争案内』（平凡社）

Ⅲ

近藤芳美歌集『早春歌』（岩波書店）
田井安曇『近藤芳美』（桜楓社）
加藤克巳『現代短歌史』（砂子屋書房）
藤原彰『日中全面戦争』（小学館文庫）
近藤芳美歌集『吾ら兵なりし日に』（岩波書店）
戸井昌造『戦争案内』（平凡社）

木内千里『歩兵第二一二連隊誌』「心細い部隊追及」（楓四二五六会）
菅野匡夫『短歌で読む昭和感情史』（平凡社）
早坂隆『兵隊万葉集』（幻冬舎）

Ⅳ

多田井喜生『朝鮮銀行―ある円通貨圏の興亡』（ちくま学芸文庫）
近藤芳美歌集『吾ら兵なりし日に』（岩波書店）
近藤芳美歌集『早春歌』（岩波書店）
日本戦没学生記念会編『きけ　わだつみのこえ』（岩波文庫）
近藤芳美『土屋文明』（桜楓社）
新城俊昭『高等学校琉球・沖縄史』（東洋企画）
神田文人『占領と民主主義』（小学館文庫）
竹山広歌集『とこしへの川』（ながらみ書房）
加藤克巳『現代短歌史』（砂子屋書房）
近藤芳美『青春の碑』（筑摩書房）
近藤芳美『歌い来しかた』（岩波新書）
近藤芳美歌集『埃吹く街』（岩波書店）
家永三郎『津田左右吉の思想史的研究』（岩波書店）

近藤芳美『新しき短歌の規定』（講談社学術文庫）
加藤克巳『加藤克巳著作選5』（沖積社）
綾部光芳『大野誠夫の青春』（いりの舎）
大野誠夫歌集『薔薇祭』（短歌新聞社文庫）

著者紹介

今井正和（いまい　まさかず）

1952年（昭和27年）、埼玉県秩父郡両神村（現小鹿野町）に生まれる。76年、早稲田大学法学部卒業。82年、同大学院研修生（島田信義教授指導・資本主義法思想）修了。87年、「未来」入会、近藤芳美に師事。91年度「未来年間賞」受賞。

歌集に、『樹の掟』（93年、砂子屋書房）、『木洩れ日の声』（96年、同）、『天路』（2000年、同）、『聖母の砦』（05年、同）、『野火』（09年、同）がある。評論集に、『無明からの礫』（16年、北冬舎）、『猛獣を宿す歌人達』（20年、コールサック社）がある。

現在、神奈川県立高校の政治経済・地理総合の講師。

彼方《かなた》に向《む》かいて　―近藤芳美《こんどうよしみ》の青春《せいしゅん》

令和七年一月二十三日　第一刷

著　者　今井　正和
〒一九五―〇〇七四
東京都町田市山崎町二二〇〇―三―一五―三〇四

発行者　奥田　洋子

発行所　本阿弥《ほんあみ》書店
東京都千代田区神田猿楽町二―一―八　三恵ビル
〒一〇一―〇〇六四
電話（〇三）三二九四―七〇六八（代）
振替　〇〇一〇〇―五―一六四四三〇

印刷・製本＝三和印刷

定価　三三〇〇円（本体三〇〇〇円）⑩

ISBN978-4-7768-1714-7 C0092（3429）　Printed in Japan